CW00508122

Für den Inhalt und die Korrektur zeichnet der Autor verantwortlich.

Gedruckt in der Europäischen Union auf umweltfreundlichem, chlor- und säurefrei gebleichtem Papier.

www.united-pc.eu

Willi Leitner

LIEBE, MACHT UND TOD

DAS HAUS,
DER SEE
UND DU

Vom englischen Kuchen nahm er zwei Stück und fütterte sie ab.
Zuviel Liebe und die Gewissheit, es war aus und vorbei, die Zeit läuft, auch wenn er wie seit vielen Jahren keine Uhr mehr trug.
Eine goldene Omega, aus einem Stück heraus gefräst.
Wenger fuhr die Giulia langsam, behutsam von Kammer in Richtung Weyregg.
Es war knapp zwei Uhr, gerade noch Zeit genug im September am Ostufer des Attersees die Sonne sanft und doch stark zu spüren.
Parkte vis a vis vom Restaurant der Familie Aichhorn, rechts vorm Anlegesteg.
Bleib sitzen ich komme rüber.
Macht ihr die Türe auf.
Langsam und doch bestimmt stieg seine „Maus" aus, ein leichtes kurzes Zucken im Gesicht.
Ihre blaugrauen Augen mit den Goldtupfern wussten es.
Ich sterbe noch nicht, nicht gleich und wir fahren nach Grado, ja?
Heute das Todesurteil, das Endgültige, gesagt bekommen in Vöcklabruck. Multiple Krebserkrankung, nach unzähligen Eingriffen, Operationen und Therapien. Der Feind ist zerfallen, rüstet zum finalen Angriff.
Begonnen hat dieser Kampf 1999. Nun war es 15 Jahre später. Lange Zeit geheim gehalten, niemanden oder

wenige beunruhigt. Kinder, einige Freunde und Verwandte. Andere ahnten, spürten was.
Mit einem Lächeln im Gesicht, ein zaghaftes, wissendes Lächeln.
Unbedingt, wir nehmen den Benz. Da können wir den Sitz elektrisch besser einstellen, der Wagen ist weicher.
Mein Gott, war sie schön und nun so zerbrechlich geworden. Die aschblonden Haare kamen wieder. Schaut zärtlich, lustig aus. Streichelte man mit der Hand darüber ist das Gefühl für immer verbunden.
Mir ist nicht warm.
Er zog sie mehr zu sich, langsam und gemeinsam gingen sie den Uferweg entlang, vorbei an der Schnaps-brennerei. Dann das Haus mit den Glasteilen davor und hineingestellt ein Jaguar, Daimler Version, 12 Zylinder, in British Racing Green.
Ihr Lieblingsauto in UK war ein Rover 75 ESTATE, mit hellem Leder innen und großteiligen Alufelgen. Ihr gefielen die englischen Autos mit der schicken Farbgebung.
Seeseitig ein zauberhaftes Grundstück, ein altes, gedrücktes Bootshaus mit heruntergezogenem Dach und einem versteckten Anbau. Die Boote knapp über Wasser aufgehängt, so blieben sie dicht.
Das waren dort noch echte, keine Plastikstinker.
Bei den alten verknorpelten Zwetschgenbäumen, Pause und Energie war da.
Kurz unter die Holzstange gedrückt und zwischen den Wespen am Sammeln, Essen und einige von den hinteren Ästen genommen. Köstlich, gut, klein und zum Stengl hin hellblau. Die Kerne scharf, zum Steine einritzen und im Mund zerschneidet es einem fast die Zunge.

Sie redeten und lachten, der Zaun zum öffentlichen Bad umgelegt und sie gingen knapp auf den Uferpfosten entlang bis zur nördlichen Grenze.
Die Sitzbänke schön neu, aus Lärchenbrettern gemacht, gehobelt. Niemand da, die Polizeistation verwaist, das Gendarmerie Oval abmontiert, eine Tafel angebracht mit Disziplinarkommission, Senat 4. Toll, mit Badeplatz und Bootshaus für die Rettungstaucher. Einige Vögel fetzten rum.
Weit drüben, Attersee mit den zwei Kirchen, der herrlichen Aussicht, wenn man oben steht, satt in der späten Nachmittagssonne.
Zurück an der anderen Straßenseite, wo am Ufer dieses Bootshaus mit dem kleinen Anbau samt Kamin und einer überdachten Bootsremise verweilt.
Pause machen, stehen bleiben.
Du, ich brauch die Tropfen, hatte er dabei und eine kleine Flasche Plastikwasser, so nannte er diese 0,3 Liter Mineralwasserdinger.
Gib mir zehn Tropfen du Schwindler, er gab ihr dann 15 und sie trank Wasser nach, schaute zum See hinaus.
Zu unserem englischen Café, da müssen wir fahren. Ich schaff's nicht.
Behutsam half er ihr auf den Autositz, Türe offen die Sonne schräg rein.
Ging rüber zum Bäcker Leyrer, eine Zimtschnecke und ein Beugel, ein halbes Roggen Vollkorn. Eine junge Schweizerin aus dem Emmental war dort die Chefin, er mochte sie.
Gleich nach dem Ortsteil etwas links hinauf ihr Kaffee.
Renate bestellte Aperol mit Prosecco, Wenger einen Cappuccino mit was Süßem dazu.
Etwas Bestimmtes?
Gut, ich überrasche sie.

Drinnen die lange halbrunde Bar, weiter hinten die zwei kleinen Minitoiletten. Es roch nach Zigarettenrauch, Whisky und Leder. Kaum ein Luftzug an der Terrasse, wenig Verkehr weiter unten.
Er unterlegte ihr eine zweite Sesselauflage. Sie saß schon länger etwas schief und nutzte bei den Sesseln nur mehr ein gutes Drittel der Sitzfläche.
So nach 15 Minuten, langsam aufstehen und sie drehten eine kleine Runde, den rechen Fuß dann etwas weggestreckt und zurückgelehnt. So ging es ein Weilchen ganz gut.
Manchmal schauten ihnen Gäste dabei zu, senkten den Blick. Keine Fragen, keine Bemerkungen.
Er bekam einen Milchrahmstrudel mit einem Gupf Schlag drauf und drüber Vanillemark, schwarz und pfeffrig.
Das Glück, dieses kurze Glück, sie hielten es fest und wie.
Er fütterte sie, Renate nannte das schnabulieren und stibitzen, wie bei den Vögeln. Ein kräftiger Schluck aus seiner Kaffeetasse folgte begleitet von einem stillen Lächeln.
Wenn ich einmal nicht mehr bin, es dir schlecht geht, denk an mich.
Die Kinder, hilf Ihnen nicht zu viel, jedoch beschütze sie.
Verzweifelt, still, glücklich flüchteten sie sich in den frühen Abend auf dem Weg nach Hause, vorbei am Marlowe Haus, dem wunderschönen Jugendstil Ensemble, die Villa Langer. Halbverdeckte Bauernhöfe etwas weiter entfernt schauten ihnen zu. Sein Waldheimhaus noch immer da, das Marterl für die toten Taucher. Der BMW Föttinger, mit Tankstelle etwas vorher. Gibt Sicherheit. Versteckte, enge, hohe Villen,

eine verlegte Straße, darunter das Refugium eines Politikers aus dem weiten Osten.
Diesen Straßenteil mochte er nicht, zu modern, zu breit, zu geschwungen, zu viel Land wegbetoniert.
Steinbach verstorben, das Hotel protzig leer, die lange Gerade vorm Sägewerk eingedrückt.
Der Goldschmied an der Kreuzung, rüber nach Ischl und Ebensee, tat gut, das Bierstüberl offen, der Bäcker zu und aus.
Das alles passte zusammen, Unterach am Sterben.
Das wunderschöne Hotel am Ortsausgang zu Tode renoviert, privat. Ein, zwei Bürgerhäuser mit etwas Patina, die anderen wie täglich gewaschen und mit dem Besen abgekehrt. Kein Wirtshaus mehr, nur Hüllen, die einen traurig anschauten. Der Schlecker verschwunden, Daily bankrott und ich werde verrückt oder so.
Im Spargeschäft eine Posthilfsstelle, wo sie einem die Briefe an den Absender zurücksenden, jedoch es gab dort noch PH5 Shampoo. Die Parkplätze übersät mit Autos der Sandóz Mitarbeiter, dahinter größer Ever Pharma oder so, wenige wissen, was und für wen die produzieren.
Nur der See schob seine Wellen ans Ufer, wie immer?
Nein, der war hier traurig und vergessen, dunkel.
Ausnahme das Antiquitätengeschäft mit den wunderschönen Tretautos, die Blumenhandlung daneben. Die Kirche zu und die wunderschönen Uferhäuser herausgeputzt, fast wie lackiert anzuschauen.
Oben die Tabak Trafik verwaist, vergilbte Werbeplakate für Rowenta Feuerzeuge in der Auslage samt Staub und einigen verstorbenen Faltern. Stahlbetonbauten dazwischen. Die am Ufer öffentlichen Seezugänge zusammengedrückt auf enge schattige Schläuche.

Die war noch da, die kleine Bäckerei mit der netten Bedienung, den kleinen Tischen und davor angeheftet ein Zigarettengeschäft.
Am einst weithin berühmten Eissalon hing das Schild «Wir haben geschlossen» von Oktober bis April, die Fassade am Bröckeln.
Das Elektrogeschäft gegenüber, die Auslagen blind gemacht und ein trauriger eingedrückter Lieferwagen in der Ecke.
Der Glaser und Spiegelmacher am schmalen Weg, offen und in Betrieb.
Hinter dem grauenhaften Gemeindeamt, schräg gegenüber, die nicht minder scheußliche Raiffeisenbank, dort stand gemächlich in einer wunderschönen Patina, ein dünner Baum wuchs am Rauchfang empor, ein großes, ehrwürdiges Haus. Die Regenabdeckung über dem vorderen Balkon würde es bald mal runterhauen, der Steg etwas schief. Es hatte Flair und Würde.
Stille und Wehmut zogen herum und einige Neubauten glänzten in der Sonne, bedeckt mit Plastikschindeln.
Kein Motorboot brüllte seine Verachtung in den frühen Abend hinein.
Ein kleines verstecktes Unterach gab es nach dem Sandoz Werk in der Talsenke. Dieses Unterach, keine verlorene Seele, hatte noch etwas Charme, davor und dahinter zur Felsenwand hin, zwei schöne spitzige Herrschaftshäuser.
Still fuhren sie in Richtung Mondsee entlang nach Hause, dort wo keines mehr so richtig war.
Nördliches Ufer über Sankt Gilgen oder südliches, dann Mondsee und weiter nach Thalgau
Auf der Landstraße?
Beides!
Heute noch?

Nein!
Sie fuhren die wellige Uferstraße entlang, wo die Baumwurzeln die Asphaltdecke gehoben haben. Vorbei an der „wissenschaftlichen" Fischzuchtanstalt, hin zu einem verstorbenen Hotel. Vor Jahren war es hier fröhlich, voll und in den Nächten klang Klaviermusik hinaus auf den See, im Winter die Rauchfänge munter unter Feuer in der Schattenlandschaft auf drei Monate. Die schönen, hohen Fenster spiegelten ihr Licht in die weiche Dämmerung. Jedoch nun alles still, zusammengeräumt, öde, leer.
Es war helldunkel als sie aus dem Tunnel hinaus rollten. Auch so eine Erfindung, der Weg am Ufer nur mehr für Fußgänger frei.
Viele, lange Jahre war diese Verbindung blockiert, wie so vieles in diesem Mickymaus Staat, wo jeder Bürgermeister nicht weitersah als zu seiner Amtsstube raus.
Er fuhr weiter nach Plomberg, die Drachenwand entlang und sie machten Pause beim Wirt dort.
Hatten dort mal im ersten Stock übernachtet, einen 50ziger Geburtstag gefeiert. Ruhig und besinnlich mit Freunden und Bekannten. Damals ging die Angst schon um.
Und jetzt? Ein Abschied für immer!
Er trank einen sanften Weißwein im Arbeiterlokal an der Bar. Grado Pineta, 211 Schritte vom Hotel Rialto. Dort mochten sie ihn. Er kannte niemanden.
Er würde alles niederschreiben, den Tod, die Verachtung und sein Unvermögen andere zu verstehen.
Morgen Samstag war Markt und er würde einen Honig kaufen und an sie denken.

GRADO PRIVAT

Es ging gut, erste Pause in Gmünd, erinnerte sich an den Trattnig Bert, der Herr Diplom Ingenieur, Oberförster, Hubschrauberfachmann und einer der ersten als es um den Aufbau der Rettungsfliegerei ging. Vergessen, zu Unrecht, nun war er weiter hinten im Maltatal auf dem Friedhof zu finden. Nun auf der ewigen Pirsch, die 800 Hektar Wald, Wiesen, Berge verwaist.
Er hatte ihn des Öfteren eingeladen auf ein Bier mit was Gescheitem zum Essen dazu und zum Reden und Wenger am Zuhören.
Vor dem unteren Stadttor, knapp nach der Shell Tankstelle fand er links einen Parkplatz.
Langsam, eingehängt zuckelten sie die linke Seite in den schönen Ort hinein jeden Sonnenfleck am Einfangen.
Ziemlich weit oben bei seinem Lieblingscafé fanden sie freien Platz mit weichen Sesseln. Urlaubsstimmung kam auf, sie redeten, lachten und vergaßen dabei das Bestellte zu essen.
Mensch du, ich freue mich einfach noch mal ans Meer zu kommen.
Das ausgesprochene "noch mal" tat ihm weh und er musste wegschauen.
Komm, es geht doch noch ein Weilchen.
Weinen verboten, Jammern verboten und wo ich nicht hinwollte, war die Palliativ-Abteilung.
Er spürte einen eisigen Windstoß im Nacken, wohl heruntergekommen von den bereits braunen Nock-bergen weiter hinten.

Geschäfte anschauen, die Auslagen und sich ablenken war angesagt.
Unendlich langsam ging es den Marktplatz hinunter, er hielt ihre linke Hand nun so, dass sie ihren Arm durchstrecken konnte beim Gehen. Ihr Griff manchmal eisern, fest entschlossen.
Pause, dann umarmen und zusammenkuscheln, Kraft tanken und warten.
Er durchwühlte sanft ihr Haar und genoss den Duft ihrer Haut. Die Augen, mein Gott, diese Augen, sie wussten viel, strahlten Liebe aus und Sorge.
Ich mache mir bald mehr Sorgen um dich, nur mehr Rippen, ich brauche was zum Fühlen und Anfassen.
Versprochen, in Italien esse ich die Speiskarten rauf und runter.
Er hatte 16 Kilogramm verloren, die Nerven hielten noch, nur seine Kondition nachgelassen.
Oder du kleidest mich neu ein?
Wir uns beide, ist besser.
Ich brauch nichts mehr.
Doch und wie du was brauchst!
Sie fanden ein tolles Geschäft in Triest, mit netter Bedienung und es wurde neu eingekleidet.
Alles «Made in Italy» und Naturfasern.
Wenger ging einkaufen, Rotwein, helles Brot, trockener Käse, ein weicher Monte Nero, dazu zwei Sorten Schinken, mildes Wasser.
Picknick im Park am Meer, gleich nach oder vor Triest zwei weiche Wolldecken auf der Bank, Ruhe und leichtes Dahinruckeln der Brandung.
Daneben wurde aus- eingepackt, Etiketten runter gegeben, das Gekaufte betrachtet, befühlt und glücklich sein. Servietten einfangen, die der Wind davonträgt, zusammenkuscheln, dem Wind zuhören und die Kiefern bewegten sich, duftetenn schwach.

Vom roten Cuvee, aus Cabernet Sauvignon und einem trockenen regionalen Roten, leicht beschwingt, vom Glück beruhigt und sorglos zuckelten sie rüber.
Dem Meer entlang nach Grado die Uferstraßen und Verbindungswege entlang. Kleine, rachitische, enge Brücken zum Rüberfahren, Stehenbleiben und sich Umsehen.
Barbara Rupnik gestorben, dass es ihr nicht gut ging wusste er, nun war die herbe Schöne woanders, für immer.
Bewässerungskanäle, kleine Stauwerke. Sie gingen eine schottrige Allee in Richtung eines Herrenhauses, bogen vorher ab, um dann bei einem nicht mehr bewohnten Wirtschaftsgebäude anzukommen.
Platanen, Gesträuch, Obstbäume und eine Haselmaus, die sie neugierig betrachtete, um dann unter eine Wurzel zu schlupfen.
Alles vergessen, es war nur mehr schön, die Kraft da.
Als sie zurück gingen, nahm ein steter Wind sie in Empfang und trieb sie leicht vor sich hin. Sie machten Pausen, seine Maus, wie er sie unausgesprochen nannte, lachte leise und sagte:
Es geht uns gut, mein Großer, wie in Spanien südlich der Universitätsstadt, der Hohlweg, die Getreidefelder und in der nahen Ferne unser Salamanca.
Ab ins Rialto, das Abendessen beginnt um sieben und danach gehen wir in die Stadt zu Claudio was trinken.
Im Nordosten ist Manzano und dann etwas weiter noch San Egidi, das braune Zimmer und, und, und.
Wir sollen dankbar sein.
Wenger sagte nichts, er schon, sein Mädchen nicht.
Was man liebt, wird einem genommen, weil man's nicht verdient hat! Sagte vor Jahren sein Chefpilot cargo ops zu ihm. Fritz, Richard, beide tot, nach Westen geflogen. Jetzt Birgit dazu. Es wurde kalt und kälter.

Kam noch was?
Stille, Vergessen, Verstehen.

GINSTERKATZEN

Lois Wenger suchte, fand nichts!
Er hatte viel verloren, die Liebe, die Gnade schlafen zu können, das Licht. Nur die Dunkelheit hat ihn nicht bekommen, die Schatten schon.
Stille tötet und lässt dich ein wenig leben.
Ein junger Oberarzt: die Schmerzen haben wir im Griff, jetzt stirbt man an und mit Opiaten.
Er war darauf allergisch, wie andere auch.
Sein Stern, verloschen, wohin?
Belgien, die Industrieruinen von Henin Beumont wurden bei der letzten Einsatzsitzung als Treffpunkt vereinbart. Irgendwo dort, dazwischen oder dahinter. Wenger war bereits einen Tag vorher da, hatte sich ein Zimmer im Postilion, Kastel Niewland genommen und durchstreifte die wunderschöne Gegend. Flach, etwas wellig, andere sagen langweilig, ihm taugte es.
Obwohl seit vielen Jahren hier nix mehr hergestellt wurde, vermeinte er die Maschinen surren zu hören, Förderbänder, die rumpelnd Material von und in Riesige, hungrige Kippmulden verbrachten. Schwertransporter, die müde ihre Runden drehen, das Nachscheppern der Reifenschutzketten und grauschwarze Dieselschwaden beim Leistungswechsel der Motoren.
Der sanfte Duft einer Zigarette passte nicht dazu. Irgendwo war da wer, stand in seiner Windrichtung, beobachte und rauchte.
Gute Nacht Señorita, ich will gar nichts von dir, sang mal Udo Jürgens, nur, sie wollen immer was von dir!

Für wen er jetzt singt und lebt? Wenger hatte immer geglaubt, er lebe ewig, sowie Tanos aus Larissa.
Boris Bukovski war auch gut.
Wer waren diese sie, diese anderen? Sie waren unsere Nachbarn und Mitbewohner, die auf Kosten der schweigenden Mehrheit sich bereicherten, die Welt ins Elend stürzten und die Erde verheizten. Ein menschenverachtendes Drecksgesindel, nannten sich Experten und waren Politikern hörig, die uns das Grauen als Morgenröte verkauften.
Seinen Wagen hatte er etwas verdeckt nach einer Einfahrt geparkt. Wanderte den zugewachsenen Weg hinauf, mittig helles Grün, auf Reifenbreite ausgewaschene, helle, grobkörnige Betonstreifen.
Um die Kurve bekam er Sicht auf eine verfallende Kirche, rote Ziegel, die nässend ihr Leid klagen.
Hineingehen war nicht, mit Paletten zugenagelt, daneben Baracken, windschief angefault. Davor einige schräge, dunkel glänzende, steinerne Grabtafeln.
Hinter der Kirche ein weitläufiger Friedhof, teils gepflegt und beschützt von Eiben, die ihre hellgelben Blüten nachschoben.
Das Gelände stieg an, sah man nach Osten, Ruinen von Kokereien, riesige, angerostete Gasbehälter umfangen von Ferrostahlgitter Konstruktionen. Die mächtigen Hochofenanlagen mit den Schmelzereien, den Walzwerken, eingefroren, kalt, verlassen.
Riesige Kokshaufen, daneben Eisenbahnschienen, Teile von Schiffantriebswellen, auf Holzgestellen, die noch wie neu aussahen. Ausgleichsachsen mit Kupplungsscheiben, wie gerade von der Produktion. Dazwischen schief stehende Dieselloks der ehemaligen Werkseisenbahn.
Ein Riese hat sie aus den Geleisen gehoben und dann sanft daneben hingelegt.

Rund herum mannshohes Gras, Gestrüpp, hingefallene Bäume, die trotzdem ihre Triebe in die Sonne und ins Licht strecken.
Einige schöne, noch immer stolze Gasbehälter, gehalten von angerosteten, geschraubten Tragstäben mit Aufschriften wie Argon, Sauerstoff. Davor dreieckige Verbotszeichen für alles, was man hier nicht darf: Rauchen, offenes Feuer, verdecktes hatten sie vergessen.
Niedergewalzte Zäune wo die Edelstahlplättchen die Herstellerangaben frisch anzeigen.
Da sah er sie um die Ecke tappen.
Schönes Tier, weiße Brust, schwere, breite Pfoten wie ein Luchs, das Fell scheckig mit goldenen Flecken dazwischen, die Augen gingen ins graublaue.
Eine Ginsterkatze trabte langsam und bedächtig auf ihn zu. Nein sie ging nicht, sie erschien.
Kein Vogelgezwitscher mehr, Stille.
Weiter unten preschte ein Wagen mit hellen, blendenden Schweinwerfern die helle Schotterstraße in Richtung Süden.
Er sah ihr nicht in die Augen, sondern etwas drüber hinweg, sie legte sich mit Abstand vor ihm hin, wie eine Sphynx, nur halt lebendig mit zitternden Ohrenspitzen.
Kam näher, boxte ihn mit dem Kopf auf seine geballten Hände.
Er begann sie mit den Fingerkuppen zu Knopfeln.
Zuerst nix, dann ein zaghaftes Schnurren. Sie tänzelte um seine Füße rum, markierte seine Hose und die Schuhe mit den Drüsen ihrer Schnurrbarthaarwurzeln.
Plötzlich den buschigen Schwanz in die Höhe – folge mir – was er langsam tat.
Er kam sich vor wie auf einem verlassenen Truppenübungsplatz, fehlten nur noch einige Raben und ein alter, gebückt gehender Messner.

Er hörte eine Art Krächzen, ein leichtes Dahin-
gemurmle.
Alles zugewachsen, seitlich eine schräg hängende aus Stein erbaute niedrige Mauer, dort wurde ein Fußweg ausgemäht. Von wem, für was und wohin?
Die Katze vorne weg, langsam und er hinterher. Die Ginsterkatze bringt dir, zeigt dir wo es Gold, Diamanten, Reichtümer gibt. Jedoch keine Liebe, Ruhe und Zufriedenheit, erzählte ein Volksmärchen aus Sardinien.
Du findest sie dort, wo er sie gefunden, getroffen hat.
Hier und herum wurde es stiller und ruhig, fast zu ruhig.
Ein leichter Windhauch fuhr herum, endete in einer verknorpelten Eibe am hinteren Rand des Friedhofes.
Die Katze legte sich davor, ließ die Augen herum-
schweifen, ihr Platz.
Wenger hielt Abstand und schaute in Richtung des Tales, was eine Senke war. Die Zufahrtsstraße verschluckt und das weite gerade auslaufende Asphalt-
band verschwand im Nordosten. In dieser Gegend lebst du, liebst und stirbst du, anders oder manchmal beginnt es gar nicht. Das Leben, Lieben, Sterben.
Er drehte sich langsam zurück, die Katze verschwunden.
Enttäuscht setzte er sich auf einen umgefallenen schönen, rosa-weißen, leicht vergilbten Marmorblock. Der strahlte eine trockene Wärme zurück, was ihm guttat.
Dahinter eine gut erhaltene Dampfmaschine oder ein Kompressor. Nicht Schwarz sondern in einem dunklen Grün bemalt, wie neu.
Wo sind die Breitspur-Lokomotiven, die eingefetteten Panzer, Waggons soweit das Auge reichte. Er kannte da einen vergessenen Bahnhof in Südostungarn, da

standen an die 4000 Stück herum. Jedoch, konnte nicht sein, wir waren in Belgien. Es roch nach Schmierfett und Öl.
Der Tod malt die Lebenden, sagte Kira zu ihm, wenn sie ihre dunklen Stunden hatte.
Die Zweiten und der Durchschnitt werden vergessen, den vermeintlich Ersten jubiliert man, die Stillen agieren und die Politik reagiert, verliert.
Wer führt, wenn die schwarze Luft kommt?

Im Postillion und rund herum

Sagenhaft schön, verwunschen etwas vergessen und abgewohnt mit Charme.
Am nordwestlichen Ende dieser verlassenen, noch immer gewaltigen Industrieanlage mündet eine Stichstraße in einen flaschenförmigen, großen Vorplatz mit hellgelbem Schotter bedeckt.
Links davon die ehemalige Remise, nun im ersten Stock nach einem gewundenen Treppenaufgang. Eine Reihe von klassisch eingerichteten Zimmern, mit Blick auf das Haupthaus und den Vorplatz.
Ein Gang samt Fluchtweg auf der Hinterseite.
Das Ganze umgeben von lichten, bis dunklen Wäldern und Wasserkanälen, unterbrochen von feuchten Wiesen und Buschlandschaft. Im Wald manchmal ein kleines Häuschen, bewohnt, arm, einsam, trägen Rauch aus Schornsteinen in den Abend drückend.
Sicher feucht im Parterre. Rund herum erdiger Gatsch. Das Wasser in den Kanälen brackig, schob sich unendlich langsam dahin.
Die Rückseite des Postillion hatte eine Art Schutzmauer, mit schönen Bogeneingängen, einen

verwunschenen, vernachlässigten Park mit allerlei Krimskrams, Bänken und Lauben, in denen nie jemand saß.
Das Haupthaus, dreistöckig mit einem Spitzdach.
Der Eingang zur Remise, wo unten ein riesiger Tanzsaal ist, führte über eine Breite niedrige Treppe hinein, flankiert von alten, müden Löwen und des Nachts flackerten hier Fackeln und kleine Kerzen, die den Ängstlichen den Weg zeigten. Innen war es wie verzaubert, große Bilder mit vorchristlichen Motiven und geschönten Landschaften, gehalten in schweren, vergoldeten Rahmen.
Eine Bühne die über die ganze Breite des Saales ging, rechts davor ein weißes Klavier und dazwischen die Tanzfläche und eine Schank aus den 60er Jahren.
Der Boden aus feinen rechteckigen Holzteilen, wie ein Industriefußboden und darüber schwere, ausgebleichte Teppiche rundeten das Gesamtbild ab, nicht zu vergessen, die etwas vergrauten Luster an der Decke, die in einem schalen Weiß mit Gipsornamenten.
Wenger liebte es hier Nächtens allein durch diesen Saal zu gehen, mit einem Glas Wein in der Hand, die Bilder betrachtend, dabei in sich hineinhorchend.
Niemand kümmerte sich hier um einen, man wurde nicht gestört, keine aufdringlichen Kellner.
Die Zimmer oben, voller Holz und großer Fliesen, strahlten Wärme in die Sicherheit hinein.
Das Haupthaus betrat man durch einen winkeligen Zugang, zuerst eine kleine Rezeption in dunklem Holz, dahinter eine wunderschöne Bar mit Rauchersalon.
Hier alles in Ebenholz und Messing.
Durch einen schmalen Gang kam man nach rechts in den Frühstücksraum und dort wurde auch das Abendessen aufgetragen.

Die Seitenwände holzverkleidet mit zarten Intarsien-Arbeiten. Die Küche allerfeinst, hier kochte ein Franzose, der Kellermeister ein Belgier und der Herr Chef kümmerte sich um die Bar.
Dort die Wände behängt mit Tapeten und traurigen Bildern, die Fenster nach außen über zwei Meter hoch und schlank. Darunter bullige, fette Heizkörper, schon viele Male lackiert, in einem scheckigen Weiß. Die Fliesen und Armaturen der Toilette alleine mussten ein Vermögen gekostet haben. Alles sehr gepflegt und sauber.
In den ersten Stock hinauf eine Treppe und da oben war Wenger nicht. Dort wollte er auch nicht hin.
Die Abende nach einem vorzüglichen Dinner, danach an der Bar und allein in diesem riesigen Ballsaal.
Man wusste, hier war man in einer frühen Zeit, einem anderen Denken und Fühlen. Das sagte dir, du bist hier sicher, obwohl die Gegend um das Haus in der Nacht etwas bedrückend und fremd auf einen wirkte.
Das sich hier «nicht kümmern» oder «wenig um den Gast kümmern» machte einen friedlich und geduldig zugleich.
Hier gab es einen weichen, milden Nieselregen, der alles taub und stumm machte.
Wer‘s gebaut hatte, warum und gerade hier in dieser Einöde, Wenger fragte nicht danach.
Um den Zauber zu lassen. Er wollte es nicht wissen.
Er stand allein, vergessen, vor einem dieser riesigen Bilder, die unsichtbar an der rückwärtigen Wand hingen. Verwunschene Landschaften aus christlicher Zeit und Sicht. Schön, zum Weinen, weite Horizonte tiefe Farben.
Trank einen trockenen, doch fruchtigen Weißwein aus einem dünnen, hochstieligen Glas, dabei im flackernden Licht der Laternen und Fackeln, das von

außen zaghaft durch die hohen, zwei geteilten Fenster flutete. Zitternd vom Wind getragen, zärtlich und geheimnisvoll. Ihn fröstelte es den Rücken runter.
Sessel hinter ihm mit weißen Schonüberzügen, runde Tische, ein weißes verlassenes Klavier in der Ecke gleich nach dem Eingang, Wenger allein.
Geister der Vergangenheit umgaben ihn schaurig und vertraut.

EIN PILOT VERLIERT SICH

Herr Josef erzählte eine Geschichte oder doch keine...
Leichter Schneefall, Wien, der achte Bezirk, etwas tiefer drunten im Piaristenkeller, der nun fast leer.
Der Herr Josef würde kommen, groß, lang, stattlich und mit einem vorzüglichen Deutsch, ein Gentleman, der die Via Egnatia bis dorthin, wo sie versiegt, gut kannte, durch vergessene, ungenannte Länder, Landstriche, Städte und Weiler.
Erzählte er nun seine Geschichte, nun da er nicht mehr durch den 8. Bezirk wanderte, echt tot war oder auch nicht.
Sein Schatten huschte durch die Dämmerung von Wien über Strumica bis Thessaloniki und von dort nicht mehr weiter. Die Geisterstunde nahe, er brauchte den Schlüssel zur Unterkunft in Hietzing.
Dort etwas weiter oben auf 400 Quadratmeter Einsamkeit und Stille einer Villa, die verlassen, kaum bewohnt mit einer versteckten Garage.
Vor einigen Wochen fast ertrunken, knapp an der syrischen Grenze auf einem Gulet, was eine Art Zwei-mast Gaffelschoner eines Geschäftspartners war, dahinter brannte Land, zerpflügt von Artilleriesalven.

Ein Mercedes-Bus 303 an Land war das Begleitfahrzeug, der Jet seit Tagen in Dalaman eingeparkt und bewacht. Der türkische Major vom militärischen Inlandsgeheimdienst, nett, korrekt, jedoch mit 300'000 Dollar im Sakko musste er sich was einfallen lassen.
Für wen, warum und wieso.
Acht Raki später serviert, eiskalt, in kleinen Glashumpen auf der Tragfläche ihres Flugzeuges, knapp an der Titan geschützten Leading Edge.
Also reden, beschützt von „noch" mächtigen Bekannten und zurück im Wiener Dschungel.
Marseille stand da vor Wolfgang, lustige prüfende Augen.
Du bist mir abgegangen, brauchst den Schlüssel.
Ja, noch, nicht mehr lange.
Wie kann man nur so blöde sein, Raki trinken, im Glas, dazu Pfeffer, Knoblauch, geschminkt wie ein Indianer?
War mit Zahncreme und deinen Lippenstift gemacht.
Dann kam der Beschuss und er wurde ins Wasser gedrückt, direkt am Meeresboden, munter, beim Hinaufschwimmen fast umgekommen.
Sie drückte ihn an sich, du, mit uns wird das nichts mehr?
Ich mag dich, du magst mich!
Kann man gleichzeitig zwei Menschen lieben, ohne sie kaum leben?
Du brauchst die Sonne und ich mag den Regen, wir sind verschieden! Lieben uns?
Die Reihenfolge wie Frauen, Wein, Käse mit Brot und Katzen?
Du fliegst an der Cote, in Süditalien hinauf bis ins kühle Schottland.
Mein Gott, sie waren das Team gewesen oder immer noch?

Gerechtigkeit gibt es keine, sie ist eine Erfindung, Lebenslüge der Demokraten.
Geld, Kapital und Schlimmeres wurde eingespielt und dann Stille und Alleinsein.
Wolfgang sagte nichts und ließ sie reden bei Wein mit Wasser.
Josef an die Runde da unten im warmen Keller – ihr habt das mitbekommen oder?
Die 15% GSA Provisionen sind auch weg, mich kümmert das wenig.
Er beugte sich ein wenig zurück, ließ beide weiter reden.
Er hörte gut wie ein Luchs auf der Pirsch oder Franz in Athen beim Abhören von Nato-Sendern. Neben sich Papastratos, Ziegenkäse auf Oivenöl und einen Grassi Aspro.
Eins, zwei Katenbuckel, war und ist ihre Losung, dann küsste er sie.
Schön war sie anzuschauen, nur so sehen Verlierer nicht aus.
In Duni haben wir zwei Bulgaren verloren, direkt am Sektor vier, Ante Petrov ist nach New England verschwunden.
Die Lathhams nun in Devon, mein Gott, die gingen ihm ab.
Wolfgang dachte im Stillen - und du wirst in die USA abhauen, gehen müssen.
Ich weiß was du denkst, ja ich gehe dorthin, rauf nach Oregon, das du so magst, dort wo die Nebel sind und der Stille Ozean seine eisigen Fluten an die Ufer schwemmt, nicht wild, doch stetig und flach.
Besuchst mich auf einen Apfelschnaps am lowers point?
Er sagte nichts.
Josef kommentierte das später so, sie trafen sich und

auch er, der vieles wusste und nichts erzählte, bekam nasse Augen.
Manchmal kommt der Nebel, drückt sich in die kleinen, ängstlichen Uferdörfer, nimmt sich was er braucht, wenn er will, das Grauen geht um.
Flutet durch die Türschlitze herein, nimmt die Seelen mit.
Florence, genannt Flo, stand daneben nippte an seinem Grappa und rauchte Gallant Zigaretten aus der Schweiz.
In Kuba würde ihm das und anderes abgehen.
Wohin? Bis weit nach Polynesien, Melanesien oder auf die spitzen Ziegenfelsen von Kiribati! Driftet dieser feuchte Nebel, der nicht trocken wird.
Die Verfluchten enden auf Pitcairn, dort wo keine Sonne schien und ewig dieser müde machende Wind wehte und die Seelen stahl.
Ihre Fingerspitzen trafen sich, zuckten zurück und pressten sich nun verschlungen ineinander.
Wir verlieren uns, vielleicht nicht für immer, aber doch.
Ich hab Angst.
Josef?
Ihr seid wie zwei kleine Kinder durch die Stadt gelaufen, Hand in Hand, wissend, es ist nicht recht.
Die Schweiz, der Zürchersee, Schindeleggi, das Wirtshaus zum Roten Ochsen mittig in der Kreuzung, der Stockmaier Werner, der Alpaufgang am Morgen?
Ich gehe nicht mehr in dieses Haus.
Ich gebe dir meinen Jeep, brauche den nicht mehr, fährst mich bitte nach Schwechat.
Dieser Tee zog einem die Plomben aus den Zähnen, Galgant mit Löwenzahnwurzeln.
Wer trinkt den sowas, verdammt noch mal.
Der Herr Generaldirektor, Präsident, mit besten Empfehlungen aus Costozza.

Nicht Custozza, merkt euch das, sagte nun Josef, bestimmt und doch leise.
Treffpunkt irgendwann im Uovo vis a vis von Renato am späten Nachmittag.
Sternfahrt von Taxi vom Hotel Vergilius weg.
Langsam schob sie ihm Papiere, Schlüssel und eine Versicherungskarte über den Tisch.
Und was dann?
Nichts mehr!
Josef bringt den Wagen zurück in die Bereitschaft.
Die ist bereits geschlossen, bekommt Franz in Hellas, das richtige Gefährt für ihn.
Wer sperrt am meisten zu, wir oder die Engländer?
Wechseln wir zu den Russen, die sperren weltweit ihre Filialen wieder auf.
Bitte Wolfgang, wenn es mir schlecht geht, ich weiß du fühlst das, denk an mich.
Es war knapp vier in der Früh, Josef von Egnatia Tours passt auf dich auf oder lässt auf dich aufpassen oder wie auch immer.
Nur der Herr Josef konnte auf niemanden mehr aufpassen oder doch, wenn er einen Schutzengel instruiert hatte.
Sie begann still zu weinen. Er nahm sie bei den Unterarmen und zog sie etwas über den Tisch an sich.
Muss das jetzt alles sein und so?
Ja und ich werde irgendwie zu Grunde gehen in diesem weiten Land, ohne dich, mit viel Geld und falschen Freunden.
Wann ist die Hochzeit?
In vier Wochen in West Palm Beach, dann geht es auf Grand Bahama.
Bimini wäre mir lieber, so mit dir und den Kerosinfässern in einer dieser durchlässigen Holzhütten.

Gegenvorschlag, wir gehen für einige Tage nach South Carolina, Savannah und dann rüber nach Marthas Vineyard.
Oder rauf nach New England, Nuntucket und spielen korrekt das englische Liebespaar.
Als wir uns das erste Mal getroffen haben, hast du geweint, jetzt weine ich, der Kreis schließt sich.
Du durftest lieben, wurdest geliebt, bedank dich dafür ein wenig, ja!
Mach es mir schwer, komm fahr mich raus.
Josef, der große stattliche Mann kam zu ihrem Tisch, korrekt angezogen, küsste Marseille auf die Stirn, verneigte sich mit einem Kopfnicken und verschwand, verschwand für immer.
Wolfgang sollte ihn nicht wiedersehen. Eine stumme, leere Fahrt durch die halbe Stadt, dann die Autobahn zum Flugplatz. Ein langweiliger Regen prasselte den Wagen sauber. Auch so ein Irrglaube.
Er fuhr bis zum Verwaltungsgebäude General Aviation, Josef etwas verkrümmt am Rücksitz.
Sie schaute ihn lange an, zu lange, stieg aus und ging schnell in Richtung der Eingangsstufen.
Er vergaß die Zeit, wusste später nicht wie lange er gestanden, gewartet hatte, bis ihn die Lichthupe eines Crewbusses verscheuchte.
Das alles hat sich zugetragen, fragte Fritz den Josef.
Ja, wir sind nun beide tot, schnell rüber ins Kloster die ersten Gäste kommen.
Wenger fuhr über Fischamend nach Maria Elend, parkte neben der Lokalbahn und ging die Felder ab, hinunter zu den verschlossenen Auwäldern, die Zäune entlang, vorbei an Kirschbäumen und Maisfeldern.
Er sollte niemanden mehr aus ihrer Gruppe jemals wiedersehen. Alle tot, verschwunden, verbrannt, in einer anderen Welt. Keine Telefonate, kein Treffen in

Cannes, keine Abende am Mäusestrand westlich von Saint Malo mit Austern, Dudelsack Musik und Champagner bis in den Morgen.
Nie mehr die roten, kleinen Katzen an der Uferpromenade fangen, spielen, sehen.
Aus und vorbei, sowas macht dich fertig auf lange Zeit oder gar für immer.
Dieter hat uns auch verlassen. Cabo di Gata, das war sein kurzes, schönes anderes Leben.
Ein genialer Wandler zwischen den Welten, wie Joan anmerkte.

ZWISCHENSPIEL für einen oder auch keinen!

Nur, das war nicht sein Leben, sondern das von Wolfgang, welches er manchmal begleitete, begleiten musste für die Verlierer und Ausgepressten.
Bei Fausto in der kleinen Bar, knapp neben dem alten Friedhof anfangs der Altstadt von Caorle da spürte man sowas stark. Der Chef machte hier Dienst täglich von zehn bis zwei Uhr und von fünf bis acht am Abend, dann verschwand er und eine rassige schwarzhaarige Schönheit übernahm, bis keiner mehr kam, egal wie lange.
Wenger ist ihm nie nachgegangen, er rutschte von seinem Hocker, der ganz rechts außen für ihn reserviert, zupfte sich das Sakko etwas höher und schlenderte in Richtung Hauptplatz davon.
Das Weggehen musst lernen. Nicht weit entfernt nahe dem Postamt war ein kleines Lokal, wo es echte Musik ohne Lautsprecher gab. Freitag abends und im ersten Stock darüber trafen sich die Stadtgranden.

Unten auf ein Glas Wein, die Ladenbesitzer, Auslieferer, Putzfrauen, Bankangestellte, Installateure und Leute wie Wenger, die niemand kannte.
Bis kurz vor neun, dann verlief sich das Ganze, nach einigen Tramezzinis und einem Glas Wein zu viel oder zu wenig.
Dann zu Enno auf einen sagenhaft guten Valpolicella und dazu Käse auf Honigstreifen, sonst nix.
Stille, Einsamkeit und Nachtmärsche den Strand entlang bis hinunter nahe der Flussmündung folgen.
Vorbei an toten Häusern und trotzdem mochte er sie, fühlte sich wohl, wenn er an den teilweise eingerissenen Zäunen entlangwanderte, die Bausubstanz würde noch 50 Jahre halten und dann?
Der Mann auf dem Stuhl am Eckbalkon im zweiten Stock, was der wohl dachte.
Hier hielt er Hof und überblickte viel. Sein Fiat 127 mit vergilbter roter Farbe und den 125er Reifen samt dem rachitischen Auspuffrohr stand täglich genau am selben Platz unter einer Überdachung, wo der Kalk seit Jahren ausblühte.
Vorbei an Veronika an der Rezeption, die etwas lächelte und nickte, hinauf in den vierten Stock.
Balkontüre auf und hinaus bis es fröstelte.
Die Kirche, das Meer und Bibione blinkten herüber, südöstlich ging es ins Karnische den Norden hinauf.
Nur, es kam niemand, auch die Geister waren schlafen gegangen.
Träumte von grober, italienischer Salami auf geröstetem Ciabatta mit einem hellen, weichen Käse darunter.
Stevenson ließ Billy Bones sagen – Tote beißen nicht.
Nur wer mit Geistern lebte, wurde sie nicht mehr los.
Sie saßen neben dir und begleiteten deine Träume.

Er musste nach Bad Aussee zum Radio- und Elektronik-
menschen und dann um den Altaussee gehen. Er hatte
viel verloren für immer, ging einigen Särgen hinterher.
Im Seehotel übernachten, einen Schnaps trinken,
hinunterschauen, auf eine Hochzeit hoffen, wie damals
und heute.
Früh am Morgen um den See gehen, auf die
Grundwelle warten und beim Köberl Metzger auf
Ein Leberkas Salzweckerl mit einer Schartnerbombe
Zitrone dazu.
Die Kontakte wurden weniger, brachen ab,
verstummten. Bis auf einige, wenn die was brauchten.
Das Eis dünn, sehr dünn geworden.
Nur Jacinta war ihm geblieben, erfolgreich und schön.
Er verstand sie nicht immer. Das Weiche, Verständnis-
volle war manchmal weg.
Der Wirt stand neben ihm, alles gut mein Herr? Sie
zittern ein wenig.
Ja, alles gut, habe sie hier alle nochmal getroffen,
gesehen, gefühlt.
Nun ist es wohl aus, für immer?
Kommen sie, wir trinken einen Wermut zusammen, das
beruhigt und macht gute Laune.
Das Bittere streichelt die Seele.
Wenger ließ sich mitziehen und ging wie ein Automat in
Richtung Hauptgebäude durch die kalte, trockene
Nacht über grüne Teppichbahnen, beschützt von
Fackeln.
Zurück zu den Lebenden, er musste bei der Firma
Medactol BV vorbeischauen, das Holländische war
kaum eine Stunde über eine gerade Stichstraße
entfernt. Alle paar Kilometer eine Ampel, die immer auf
Rot geschaltet um die letzten Steuerzahler zu ärgern,
Querverkehr gab es hier keinen, ein Experiment der

lokalen Verwaltung. Man sollte diese Menschen-schinder die Kanäle tiefer graben lassen.
Eine unscheinbare Firma in Holzbaracken, diese Gewerbezone aus der Vergangenheit und so erfolgreich. Wie hieß er doch, Peter oder Piet, musste es nachlesen in den Akten.
Er trank zu viel Cola, war blass und Wenger konnte sich nicht vorstellen, was er außerhalb seines Büros, das direkt vor dem riesigen Warenlager stand, tat.
Die Ecken der Buden dort stanken nach eingetrocknetem Urin.
Zurück am Postillion: Die Parkplatzordnung hier - imaginär ohne Streifen, Einteilungen mussten penibel eingehalten werden, alle Fahrzeuge an den Rand, schräg von links nach rechts ausgerichtet.
Fuhr man weg, bekam man so ein Ziehen am Herz und man ist zwei Jahre jünger, wenn gleich nicht für lange, aber doch.
Von hier aus gab es schnurgerade, endlose Stich-straßen, über Kanäle, durch Ortschaften und stille Wälder, bis man viel später in Holland in einer anderen vernachlässigten Industriegegend ankam. Dort gab es dann faden Kaffee, Cola, dazu ein helles Maschinenbrot mit Käse gefüllt. Wenigstens keine Mayonnaise drinnen und auch kein Plastiksalatblatt.
Betriebe, Büros innen abgewohnt und verdreckt, niedrig, drückend.
Weiter oben im Seenland wurde es stiller und sauber, die Leute fröhlich.
Da waren ihm die Ziegelbauten in Belgien lieber, ohne Vorhänge und man sah durch die Häuser hindurch, die oft vergessene Kanalküste ein Traum, etwas kitschig korrekt.

Hier jedoch, die Umgebung menschenleer. Man konnte ohne viel Anstrengung Böses tun. Leute entsorgen, Sachen vergraben oder ausgraben für andere Taten. Ein Hubschrauber orgelte im Tiefflug über dieses vergessene Land.
15:58 Uhr, Wenger musste los, um 17hundert begann der Affentanz.
Er ließ seinen Wagen, einen weißen Golf GTI in einer halb eingebrochenen Betriebsgarage der ehemaligen Stahlkocherei Gilbert Montanoir stehen und ging zu Fuß mit seinem Handgepäck in Richtung Hotel.
Kein Vogel, kein Waldtier nichts nur einige Wildenten ließen sich gelangweilt in den Kanälen herumtreiben. Ein Holzboot ragte mit dem Bug aus dem Wasser raus, zerbrochene Ruderteile, verfallene Stege und Stiegen die Uferböschungen runter, die Fußwege oben am Zuwachsen. Hier nutzte niemand mehr was, sogar die Netzfischer verstorben oder in den Kneipen ertrunken.
Es wurde winterlich kühl und die Luftfeuchtigkeit nahm zu. Er vermeinte Hundegebell zu hören, sah sich nach einem Holztrum um, aber es kam nichts weiter.
Die noch immer hier tätigen Wachmannschaften, hatten zwei Stück im Einsatz, die nicht gerade freundlich erzogen. Ließen sie frei laufen diese Hunde, arme Tiere, wenn man von Idioten geführt wird.
Jetzt zog er seinen kleinen Koffer und machte damit endlos S-Kurven in den gestampften, hellgelben Schottervorplatz.
An der Rezeption, ein erster Griff in ein halbhohes Glas mit Ingwer Plätzchen, das Zeugs war so stark, der Herzrhythmus ging hoch und die ersten Schweißperlen kamen auf der Stirne hervor.
Sie zahlen, mein Herr?

Bar.
Die Rechnung geht an?
Erlegt seine Geschäftskarte hin – Miro Corporation Aircraft Fasteners, Milfordhaven, Wales.
Seine Deckanschrift für die nächsten drei Monate.
Er war dort International Sales Director, nicht Manager - ein wenig britisch muss es klingen.
Keine Ahnung, was sich Ted dabei gedacht hat, als er diese Karten drucken ließ.
Dort gab es ein Büro samt Belegschaft und ein großes gut sortiertes Warenlager, halt nur nicht von diesen Flugzeugteilen.
Liebst du mich, lieb ich dich.
Küss mich oder grüß mich beim Vorbeigehen.
Irgendwer vom Empfangskomitee sang diesen ehemaligen mitteldeutschen Schlager so vor sich hin.
Dresden, du Schöne, Verwunschene.
Er dachte dabei an Andre, seine offene, gerade und stille Art Dinge zu sehen und umzusetzen.
Erfurt mit dem Schneewittchen Tee und diesem unvergesslichen Frauenlikör und den kleinen gutsortierten Lebensmittelläden in den Randbezirken.
Verflucht, die Honecker Bande, in Ewigkeit, Amen, sowas durfte man im Arbeiter- und Bauernparadies nicht singen, außer in Toiletten mit Gleichgesinnten, kurz vor Mitternacht.
Ulbricht und seine Dackelschleimer waren noch menschenverachtender gewesen und notorische Lügner vor der Nation und sich selber.
Im Zentralkomitee saßen gefährliche Leute, Feiglinge und durchaus ehrliche Arbeiter, die an dieses System glaubten.
Nur, wenn es durch das Krankenhausdach in den OP-Saal hereinregnete, was dann? Dann brauchte es Westziegel und dichtende Dachpappe darunter aus

keinem dieser Kombinatsbetriebe und ein ordnungsgemäßes Verlegen.
Oh Gott, und wir sind auch nicht viel besser, wenn im Beton mehr Wasser und Sand sind, der Zement groß-teils an Private weiterverkauft.
Seine Schreibtischlampe im Zimmer strahlte ein ruckelndes, gelbes Licht ab und war am Einfrieren.
Er drehte im Schlafraum den Heizkörper etwas höher, der Gaskamin gab auch Wärme ab, trockene.
Im Bad hatte es eine Irre Hitze, er machte das Fenster auf.
Eine Badewanne zum Schwimmübungen machen.
Die Zimmertüren dunkel, hoch und breit. Die Tapeten in einem gebrochenen weiß mit Jagdmotiven drauf, auch hier schwermütige Bilder in massiven Rahmen.
Ein Riesenbett zum Vergraben. Er richtete sich ein. Auf dem Polster kein kleines Stück einer vorzüglichen dunklen Schokolade, endlich mal ohne Sojalezithin, 70% Kakao mit Mandeln drinnen.
Für ihn hätte es etwas mehr Süße gebraucht.
Also runter und hinüber ins Haupthaus, einen Gin und Tonic bestellt und sich den Hunger weg gefressen mit Nüssen und anderem Zeugs in Schalen.
Er nahm sein Schreibzeug mit und ging in das „Extrazimmer", dort saßen bereits vier in einer wilden Diskussion, es ging offensichtlich um die neue Spesenregelung.
Der Europachef noch nicht da. Wird schon noch, Wenger grüßte sich herum und durch, nahm links hinten nahe dem Fenster Platz und ließ das alles auf sich einwirken.
Eine strampelnde Horde von ängstlichen Leuten, so kam es ihm vor.
Dann kam der große, oder lassen wir das mal weg, dieser Zampano.

Die dünne Aktentasche flog auf den kleinen Tisch vor der Tafel und der Mantel schräg darüber, der Sessel weggeruckt. Zwei Stunden nonstop zum Zuhören und nicht Mitschreiben.
Der Typ hatte was drauf und wusste es auch.
Um 19:30 war Schluss und Wenger der einzige, der hierblieb und übernachtete.
An Schlafen war wenig zu denken, das alles verarbeiten, verstehen und dann Handeln war angesagt.
Er würde von Brüssel wegfliegen über Wien mit der 22:30 Maschine, dort übernachten in Flugplatznähe und dann weiter nach Nikosia, womit er Larnaka meinte.
Die Knochentour war erst am Anfang für ihn und die anderen.
Nur jetzt war angesagt ein stilles, leichtes Abendessen. Kräutersuppe mit hausgemachten Kroketten, beigestellt ein leichter, süffiger, französischer Rotwein, danach ein Huhn im Topf, so ein kleines feines, griechisch gewürzt, dazu gab es Nelkenreis in einer hellen gebundenen Soße.
Zum Nachtisch ein Schokoeis Soufflee, ein gefrorener Hauch von fast nichts.
Wenger orderte einen Pastis und begann zu denken und zu analysieren.
Nicht lange später, an der Bar, dort trank, nein nahm er zu Sich einen kühlen Chablis. Ihm zu Füßen die Ginster-katze, der kleine, große Racker war vom Haus.
Sie markierte seine Schuhspitzen und trollte sich davon.
Die Konversation mit dem Wirten über Politik und die EU, da kommt nichts mehr Gutes, außer noch mehr Autokratie und die Vergewaltigung des freien Denkens und das Abschaffen von individuellen Länder-entscheidungen.

Man war sich da einig und mit einem Glas in der Hand ging Wenger beschwingt und etwas traurig zum Nebenhaus rüber, begleitet von Fackelschein und zittrigem Kerzenlicht.
Er wanderte seine Weinrunde in dem verlassenen Ballsaal, bis er müde in seinem Bett einen kurzen Schlaf fand.
Andros hätte schon lange zurückschreiben und sich melden sollen!
Aus und Stille.

WER RUFT SCHON EINEN TOTEN AN

Ein Anruf kam aus Dänemark, er kannte das etwas windschiefe Holzhaus in Ufernähe gut. Dahinter grober Sand, Kiefernwälder, ein verstärkter, nicht einsehbarer Parkplatz, groß genug, um mit einem Helikopter meerseitig landen zu können.
Ein großer Kater lebte dort und streichte herum. Er hatte kleine, spitze Ohren, ein silbergraues Fell und um die Nase herum eine schöne Blässe.
Wenn Nadine die Haushälterin einkaufen ging, marschierte er vor ihr dahin und blickte sich manchmal um, vor dem Dorf blieb er in Lauerstellung, bis sie zurückkam, wissend es gab was Gutes.
Nur Nadine sagte ihm nun seit zwei Wochen, der Commander sei abroad, mehr wisse sie nicht. Wenger hatte letzte Nacht kaum geschlafen, seine Haut brannte wie Feuer am ganzen Körper und er konnte sich nicht abkühlen.
Ihm kam vor, wie wenn er vergiftet sei. Eine grauenhafte Nacht, kann man Schwitzen ohne Schweiß?

Er nahm fünf Miligramm von einem Betablocker, kein Effekt, dann ein Q10.
Auch nix.
In der Früh halb tot um sieben schälte er sich gezählt zum siebten Mal aus dem Bett, fütterte die Katze, stellte die Fußbodenheizung an im Büro, duschte, trank einen Käsepappel Tee und fuhr frühstücken.
Es war saukalt, der See schob Eisplatten ans Ufer.
Er saß in seinem Wagen mit Haube und Schal.
Die Finger gefrieren einem am Lenkrad an, es hatte immer noch minus zwölf, auch im Auto.
Also stieg er aus, ging zurück, ließ den Motor laufen und Gebläse auf 50% und trank noch einen Tee.
Tief in der Nacht, dachte er beim dauernden Wasserlassen, wenn ich mich jetzt in den Schnee haue, schmilzt er unter mir weg, wie wenn ein Maserati im Winter mit laufendem Motor stehen bleibt.
Doris vorige Woche verstorben, er wird ihr Grab in Praori besuchen kommen, hoffte, dass er das noch schaffte.
Fritz sein früherer Flugbetriebsleiter und Chefpilot Fracht auch nach Westen geflogen.
Keine Angaben, warum oder an was, nur das wo.
Die neue Kräutertee Lieferung, ein Nerventee. War sich sicher, da ist was ziemlich Tödliches drinnen. Er warf das Papiersackerl in den Ofen.
Aufschrift - zwei Teelöffel zehn Minuten ziehen lassen.
Inhaltsstoffe: Orangenblüte, Pfefferminze, Melisse, Orangenschale und Baldrian und noch was muss da drin sein. Bezeichnend der Name der Firma Dr. pharm. Lukas Tod.
Gab einen Apfel in das Warmhaltefach des Kachelofens, legte drei Scheit Hartholz nach.
Nun hatte es im Wagen angenehme acht Grad.

Er bibberte noch immer, fühlte sich schlecht, hatte Muskelschmerzen und die Eingeweide sendeten stichartige Flammen aus.
Da gab er sich mehr Mühe, zum Frühstück dann 600mg Ascorbisal.
Sie schauen schrecklich drein, sagte die dünne Kellnerin aus Ungarn und brachte zwei Kornspitze, schön aufgeschnitten, zwei Marmeladen von Staudt.
Da war wirklich Frucht drinnen, eine Kanne Kaffee, daneben heiße Milch, aufgeschäumt, ein weiches Ei und ein Glas Wasser.
Er aß das alles langsam und bedächtig und las die Montags-Krone dazu.
Die NZZ wurde außerhalb der Saison an die Trafik in Mondsee nicht geliefert.
Vom Parkplatz am Friedhof in den Ort hinein musste er zweimal Pause machen. Wenn das so weiterging, für immer.
Es ging im grottenschlecht, jetzt minus 13, Nebel und Eis.
Der Friedhof lag wunderschön da, verlassen und doch belebt, er mochte Friedhöfe und ihm fiel mehr und mehr auf, das viele Leute jung sterben, Unfall und besonders Frauen so ab 45. Wunderschöne Mädchen dabei, daneben der Großmoasenbauer mit 101, die Andrea mit 47, die Lydia mit 52.
Im Kaffeehaus, was auch ein kleines Wirtshaus war, toll eingeheizt, sein Platz frei und er sprach mit dem alten Mann, welcher hier zuerst einen Früchtetee trank, über technische Probleme mit seinem Wagen.
Er mochte ihn, seine Ansichten über die geopolitische Lage, sein Sohn arbeitete in Bolivien, er lebte allein in einem großen Haus.

Wenger auch so ungefähr, er zitterte wie ein Spiegeltrinker vor dem ersten Glas. Das musste ein Nervengift gewesen sein.
Bald kamen die Kirchgänger, dann würde es etwas laut mit einem Schwung kalter Luft, ebbte wieder ab.
Der Wirt stellte die Heizung noch höher und schaute grimmig in die Runde.
Er bestellt sich eine Schnitte vom Guglhupf, was eigentlich ein hoher Marmorkuchen war, ein Gedicht. Frisch, nicht speckig, luftig!
Er lehnte sich zurück und genoss die wabernde Hitze, die unter der Seitenbank hervorkam.
Der Professor kam, bestellte sich ein großes Frühstück, die Morgenarbeit mit vier bis fünf Tageszeitungen.
Ein durchtrainierter Dreißiger setzte sich an den Tisch neben ihn, schlug ein zerfetztes Buch auf, bestellte sich einen Cappuccino mit einer Buttersemmel dazu. Der würde dich jetzt umbringen, dachte Wenger, so wie er beieinander war, keine große Anstrengung.
Er zahlte 12,50 Trinkgeld inklusive, abgezählt und die Bedienung entschwebte, von hinten kam eine junge Süßspeisenfee heraus mit einem großen, weiten Tableau mit unsäglich gutaussehenden Sachen drauf.
Der Chef warf einen Blick in die Runde, grunzte etwas und enteilte in die Küche.
Maria Hilf hinauf musste er streichen, schlich die Kirchenmauer entlang, hinunter am Innenausstatter vorbei und schaffte die breite Granittreppe zum Hotel hinunter.
Er blickte zu den Häusern, Gebäuden, die sich in die Odilo Gasse hinstreckten, hielt sich mit Daumen und Zeigefinger an einer Geländer Stange an, ihm war sagenhaft schlecht geworden. Es war so viel Kraft in ihm wie ein Trabant beim Versuch einen Russenpanzer an zu schleppen.

Er wusste im Moment nicht wo sein Auto stand, am Friedhofsparkplatz oder unten am See.
Wie ein gesteuerter Roboter ging er weiter, zaghaft schwebend wie auf Watte die Straßendecke, Steine kamen näher, entfernten sich wieder.
Beim Dessousgeschäft vis a vis von Palmers hielt ihn die Mauer fest und das war gut so, nach einigen Minuten ging es ihm besser.
Keine Menschen hatte er wahrgenommen.
Er quälte sich in Richtung Apotheke, nur die hatte noch zu. Auch egal, dann die Seitengasse entlang. Die Katze vom Steuerbüro wartete auf Streicheleinheiten.
Er rutschte, setzte sich so irgendwie an der Hausmauer entlang auf die leicht erhöhte Hausummauerung und die Katze legte sich an seinen Oberschenkel begann zu schnurren, er legte seine linke Hand sanft auf ihren Rücken und tat nix.
Es war nichts mehr zu tun.
Adio.
Einer weniger in diesem Meer der Welt.

K O S M A S
Griechenland, Peloponnes, Arkadien
11:47 Ortszeit
5. Mai

Wenger kam von Leonidi den Parnon rauf. Fuhr einen Opel Insignia Allrad mit zu viel PS.
Schöne Limousine, marineblau, tolles Auto.
Er saß vor dem neuen Café an der Ortsausfahrt rechts bei saftigen Nusskuchen mit Bergtee im Halbschatten der Kirche, beschützt von wunderschönen, mächtigen

Platanen. Dieses Gebäude mit zwei Türmen in Naturstein gemauert, schaute irgendwie katholisch im Barockstil aus, die Bedienung jung und sauber.
Vorher im Straßenladen an der Hauptstraße einer älteren Frau in schwarz, einige Kräuter gekauft. Dazu lokale Marmelade im Glas und Waldblütenhonig.
Später noch mehr Honig mitgenommen, dieses Mal einen hellgelben, aufgeschlagen, von einem Bioladen zwischen Café und dem Wirtshaus. Dazu Wasser in dunkelgrünen Glasflaschen.
Wunderschönes Geschäft, innen alles in Holz und ein himmlischer Duft beim Hineingehen.
Die Preise überhöht, was ihm wurscht war. Er war nicht zum Handeln aufgelegt.
Kam von der Toilette, schlurfte einen langen Gang entlang, mit Hände und Gesicht waschen. Keine an die Wand geschraubten Schilder, sondern eingehängte Tafeln in zwei schmiedeeisernen Halterungen.
In der Toilette, allerfeinstes von Geberit, Grohe und Diversy. Er setzte sich und löffelte den Kuchen mit einer Gabel hinein.
Motorräder kamen dahergeflogen, zu schnell, zu laut und verschwanden Abgasschwaden und Gestank hinterlassend. Er genoss die Umgebung, die Platanen im faulen Wind und die angenehme Temperatur. In Athen hatte es knapp 40 Grad gehabt. Trotz zweitem Türchip, um die Klimaanlage am Laufen zu halten, war es abends im Zimmer kaum kühler als am Morgen, da die Nachmittagssonne ihr Muster auf die Fassade brannte, den zweiten dicken Vorhang aus Gummigewebe zum Dampfen brachte.
Er fuhr mit dem Taxi zum Flughafen und war froh, als er von dem völlig überfüllten Parkplatz dieser zusammen gepressten Leihwagenfirmen abfahren konnte.

Sein Wagen stand auf Nummer 67 bei Rational von der Fahrbereitschaft des SO.
Nahm die falsche Ausfahrt, fuhr ohne Klima die Fenster halb offen, um von Neuwagen Ausdünstungen nicht benebelt zu werden. Meistens bekam er davon entzündete Augen. Der alte Flughafen, besonders die Fahrt, die Gegend mit dem dörflichen Charakter in die Stadt hinein, hatte ihm besser gefallen. Autovertretungen, Tavernen, Reifenschuster, kleine Pensionen, Schiffsausrüster, Traktorwerkstätten und viel Grün.
Gekalkte Bäume und Kirchen am Straßenrand, unzählige Tankstellen. Man blieb stehen, trank einen Café, nahm sich Zeit für einen Ouzo mit was dazu. So wurde man auf Athen, Glyfada, Neo Psychico, die Kiffissia Road besser vorbereitet.
Jetzt ein zu breites Straßenband, Mautsperren, hermetisch abgegrenzte, zerrissene Hügel und grauenhafte Monsterbauten. Internationale Hotelketten samt den üblichen Möbelhäusern daneben und angeschlossenen Werksverkaufshallen.
Daneben quälte sich eine Schnellbahn in die Stadt um kurz vor Korinth dann zu veröden.
Der Wagen ging wie Hölle und er musste aufpassen. Das Beste von Opel seit Jahren. Endlich ein Auto, ein richtiges.
Bei Nemea fuhr er ab, nahm die erste Ausfahrt, schlängelte sich in den Südosten hinunter. Lange hinter einem Laster mit viel Abstand dahinfahrend, die Federung der Nachlaufachse defekt. Das Ding tanzte besoffen hin und her.
Genoss die Gegend, sah hinüber in Richtung Epidauros und fuhr nach Xiroprigado, zuerst durch Astros, heiß, leer, kaputt und einige verstaubte Dörfer und

Küstenstädtchen. Im Hinterland gibt es Wein, einen guten Weißen. Nicht viel los hier, gut so.
Irre Organspender und sonstige Idioten fuhren knapp an Ihm vorbei, verströmten einen höllischen Lärm aus dumpfen Lautsprechern. Meistens abgetakelte 5er BMW, ab und zu ein neuer Scirocco dabei.
Wenn jetzt noch ein roter Audi A5 vorbei kommt mit seitlich aufgeklebten Ferrari Stickern war
sein Glück vollkommen. Dann bist du ihm Land der Rosstäuscher angekommen.
Abgerundet wurde das Ganze von aufgeklebten Motor- und Antriebsbezeichnungen, die so gar nicht zu den zusammengefahrenen Kisten passten.
Bei ihm stand hinten nichts oben, hatte sich den Wagen neutralisieren lassen, ebenso die Kennzeichen-halterungen.
Die Gegend, das Meer, die Uferbereiche wurden schöner, weniger besiedelt, grün.
Er fand das Sunset beim ersten Mal, dazu noch eine Parklücke direkt vor dem Hotel, was eigentlich eine Pension war und bekam im ersten Stock das Zimmer darüber mit Balkon, Blick zum Strand und ins Meer hinaus aufs gegenüberliegende Festland.
Davor dunkle Inseln, dazwischen weiße Jachten und Fähren zogen hin und her aufs Meer hinaus.
Ein kleines Frachtschiff dazwischen mit dunkler Abgasfahne.
Das Zimmer, lang breit schön sauber, der Aufgang jedoch stickig heiß. Kein Straßenlärm von der Dorfstraße kam da runter.
Er schlenderte den Strand hinauf ins Dorf hinein, vorbei an einigen kleinen Bauernhäusern, Pensionen und abgestellten Pickups in gemauerten Ziegelgaragen direkt am und über dem Meer, verschlossen mit Betondrahtgitter. Die, lose zusammengebunden,

weinten ihren Rost in den groben, ausgewaschenen Betonboden.
Davor windschiefe, leere Wäschespinnen. Kleine runde Tische mit Sessel eingehängt in rachitische Bäumchen direkt über den aus Sand in Breccie gepressten Klippen. Schön eingefasst und die Begrenzungssteine frisch mit Sumpfkalk gestrichen. Dazwischen Obstgärten, zusammenfallende Häuser, halboffene Dachstühle. Wunderschön das alles.
Das richtige Dorf war eine Parallelstraße höher, gefiel ihm nicht, zu laut, zu grell, fettig. Frittenbuden und Wegwerfpizzen. Hier unten gesellig ruhig, kaum Leute da, sauber. Er fand ein großes, leeres Restaurant mit vielen Sesseln, Tischen. Ein riesiges, hohes Gastzimmer mit offener Küche in die Felsen hinein gebaut.
Die Eisvitrine am Schnaufen, sonst niemand da, geschützt von einem dünnen, riesigen Vordach, freitragend ohne Stützen
Davor der Hausstrand, öffentlich. Nahm sich einen Ecktisch bestellte frischen Tintenfisch, nicht den importierten, dazu Ouzo ohne Eis und Wasser.
Brot kam rüber, ganz frisches und das um vier Uhr herum. Fühlte sich wohl, entspannte, beobachtete das langsame Treiben.
Neue Volvos standen in engen Seitengassen und frische Land Rover Evoque. Es gab Geld, viel Geld. Griechenland ertrinkt darin.
Später ging er die Uferstraße, kaum befahren wegen Verbotsschildern in Richtung Süden, bis er anstand. Rechts hinauf ein Schotterweg hin zu wirklichen Klippen mit verkommener Beleuchtung.
Voller Rost, zerdroschen, schief, warum wurde wohl alles so zerstört und wozu?

Der Jugend war fad, noch immer, hoffentlich änderte sich das. Würde es wohl müssen, wenn deren Elterngeneration finanziell ausgeblutet war.
Ein ehemaliges Immobilienprojekt, schnell verstorben und am Zuwachsen. Weiter oben ein umzäuntes Haus direkt an der Küstenstraße, von hinten betrachtet eine Baustelle. Zementsäcke von Herakles, eine verbeulte Mischmaschine standen neben einem halb weggeschaufelten Sandhaufen, daneben Kalktruhen. Tief unten blanker Kalkfelsen, keine Touristen hier, nur Griechen, die gelangweilt ihre Frauen mit sich zogen. Auf Felsnasen draußen junge Mädchen beim Fischen mit ewig langen Ruten und guter Laune.
Abendessen war angesagt auf der weitläufigen Terrasse, es gab Fisch und was für welchen, der Koch ein Künstler. Die Dame des Hauses servierte mit Esprit und Freude.
Er trank zwei kleine Krüge hellen Weißwein, gut eingekühlt und die Welt war in Ordnung.
Unter ihm ein griechisches Ehepaar am Warten, Rauchen und Streiten bis endlich die Bekannten dazukamen. Dann sofort eine Diskussionstrennung in Männer und Frauen. Bestellt wurde nichts und man ging von dannen. Was Wenger recht war, damit verzog sich auch der Gestank dieser parfümierten Zigaretten. Selten so gut und leicht gegessen.

06:15 TIEFER SÜDEN UND GOTT HAT DICH LIEB

Zwei Tage später bei mäßiger Sonne und nach vielen Strandrunden zu Fuß über rundgeschliffene, weiche

Steine ging es weiter in eine wunderschöne Gegend hinein, nur unterbrochen von scheußlichen Fischzuchtanstalten und den aufgetürmten EU Futtermittelsäcken an Parkplätzen und Ausweichen. Es stank nach Kunststoff und Gammelfleisch. Daneben aufgerissene Papiersäcke aus Malaysia mit roten Schalentierresten zum Fischfleisch einfärben. Aquakulturen nannte man sowas, diesen Dreck frass nicht mal meine Katze, da war sich Wenger sicher. Dieser Fisch grundelte und stank leicht beleidigt, wenn man sowas auf dem Teller hatte. Ihm taten diese Tiere leid, du sahst es an ihren Augen, wie sie gelitten hatten. Palio Tyros, fuhr gerade in den Ort hinunter direkt zum Hauptplatz, sowas Neumodernes mit Betonskulptur und zerschlagenen Leuchten. Der angedeutete Springbrunnen zugemüllt mit Plastikflaschen und Aludosen. Die Kupferdüsen schauten grünblau nach oben. Dahinter eine helle, neuerbaute Kirche, mit dunkelrot bemalten Fensterumrandungen die in den Boden hinein bluteten.
Daneben ein verlassenes Gesundheitszentrum mit vergilbter Aufschrift und zerdepperten, ausgebleichten Kunststoffschildern im Wind. Anschließend ein Fahrradgeschäft mit Moped-Reparaturwerkstätte, tolle Fassade und super in Schuss. Die Stichstraße hinunter, hier stritten sich kleine Stadthotels und Lebensmittelgeschäfte müde um die Plätze.
Er fuhr den Uferweg zurück in Richtung Norden, bis er beim Hotel ohne Stern ankam. Parkte etwas weiter in einer Nebenstraße dahinter nicht unter den Bäumen. Die Harzflecken bekommst dann nicht mehr vom Lack runter und die Windschutzscheiben schmieren auf Wochen, die Wischerblätter defekt trotz mehrmaligem Entfetten.

So stand nun der Wagen neben einer nässenden Betonmauer, ein dunkler Hohlweg und bekam während der Nacht wie er draufkam von der Bewässerungsanlage regelmäßig Duschen ab. Weiches Wasser, das kaum Flecken hinterließ und die Scheibenbremsen mit Sommersprossen versah.
Hier war es dauerfeucht, kaum Sonne kam da hin. Darüber verlassene kleine Wohnhäuser, ein Disco-versuch, verbogene Wäschehalterungen und sich erholende Olivenbäume.
Das Hotel ein alter liebevoll gepflegter Kasten, die Zimmer hoch und groß, mit Balkon und riesigen Rollladen, die man wirklich braucht. Blick aufs Meer hinaus, den Ort hinunter und hoch darüber einige Windmühlen, die früher zum Korn mahlen verwendet wurden.
Unter dem Hotel große schattige Uferbäume und Süßwasserenten, die irgendwer fütterte und mit Trinkwasser versorgte. Drei alte Männer versaßen dort die Tage unter Brotfruchtbäumen und des Nächtens waren sie auch dort bei Zigarette mit Bier. Das Leben verrinnen lassen, wenig bis nichts reden. Die Frau daneben, aschblond, interessant und diszipliniert, beim Baum Nummer drei.
Sie wurde vom Lokal weiter oben versorgt, er tippte auf blauweißen Ouzo und daneben eine Flasche Aura Mineralwasser, kein Liter mehr nur 0,75.
Die lernen hier schnell oder der Einkäufer ist ein Depp. Sie rauchte, schaute abschätzend umher und vertrödelte den Tag.
Las konzentriert in einem dicken DinA5 Buch. Sowas gefiel ihm ungemein gut. Nur nichts tun und die Dinge entwickeln sich.
Sie fuhr einen roten Mini Cooper, keinen S, den Union Jack auf einem weißen Dach. Hatte silberne Fäden im

Haar, ziemlich klein, so um die 1,60, zierlich. Trug Matrosenhosen oder diese Jeans aus Italien.
Ihr erster Weg am Morgen zum Kiosk, die Süddeutsche Zeitung. Im Hotel ohne Sterne wohnte sie hinten hinaus, irgendwie gewollt versteckt.
Graublaue Augen sagen was an. Nur was?
Am zweiten Tag aßen sie zusammen Abendbrot, hatten eine riesige Gaudi bis halb eins in der Früh. Redeten viel, aßen wenig, tranken einige Gläser. Er schrieb Postkarten was sie zum Lachen brachte und wie.
Eine Vollmondnacht, das Licht verzauberte Augen, Gesichter und malte schöne, ungewisse Dinge.
Saßen auf einer Veranda, so zwei Meter über dem Kieselstrand, die Ellbogen an der Balustrade und schauten ins Meer hinaus.
Leise, sanft liefen kleine Wellen an, spulten zurück und verschwanden in der halbhellen Nacht. Das Leben verrinnen lassen, er hatte es eilig aus dieser Welt wegzukommen. Der Bauch sendet Signale, ruft beim Gewissen an. Seine Fingernägel zu lang, die Küchentüre schwang zurück.
Es war lau, kaum Wind und nur etwas Bratenduft in der Luft und Zikadenmusik, die manchmal schreckhaft abbrach, um dann von Neuem los zu preschen.
Das Ganze von Bäumen untermischt mit leisen Musikstücken, die kaum zu hören.
Die Stimmung erinnerte ihn an ein Lied aus Niederbayern - „Sag weißt du nicht, ob's Paradies nicht im Himmel ist“. Irgendwann, irgendwo hatte er es gehört, sogar den ganzen Text in Mundart, wunderschön und so verliebt. Gitarrenbegleitung, gemischter Chor, Frauen und Männer. Einfach schön, zum Weinen.
Ich bin hier, halb Beruf, halb Urlaub, muss weiter.

Am Morgen darauf war sie weg, verschwunden. Gut so. Finito la musica.
Deutsches Kennzeichen, der rote Flitzer mit weißem Dach und Alufelgen. Wenger war sich sicher, er sieht sie nicht wieder.
Drei halbe Stiegen, dann ein schmaler Gang bis zu seinem Zimmer. Stand lange am Balkon, bis ihm das Kreuz weh tat, schaute in die Dunkelheit hinein und wusste nicht ob oder was ihm abging.
Früher hätte er dabei geraucht, nun das war vorbei. Duschte kurz und legte sich trocken gerieben aufs Bett, kein Licht alles im Dunkeln, trank lauwarmes Wasser, bis er wegschlief.
Doppelzimmer, Meerblick mit Einzelbelegung. Aß zum Frühstück zwei kleine Eier, nur das Weiße, erstanden vom Bauern nebenan, nebst einer grünen kleinen Zuckermelone. Hart gekocht, die Eier im Hotel, nur für ihn. So passt das.
Fühlte sich wohl, fand eine nette Apotheke und bekam ein österreichisches Produkt auf Rhabarberbasis gegen „blisters“ im Mund. Da sieht man es, wir sind eine Weltmacht. Nur die waren nicht für ihn gedacht, Iris hieß sie und sie hatte ihn deswegen um Rat gefragt.
Er legte die gelb-schwarze Flasche im gleichen Überkarton behutsam in seine Reiseapotheke.
Am Ufer die Häuserzeilen, mit ihren Bewohnern hoch interessant. Architektonisch einige schöne Bauten darunter, zurückgelehnt mit Gärten davor.
In den Türrahmen standen halbschräg Frauen beim Morgenputz und Männer dahinter mit Zigarette im Mund, eine Hand am Türrahmen.
Er grüßte, wurde gegrüßt, sogar mit einem Lächeln.
Er fand ein Fetzengeschäft, so ein graues Betonloch ohne Bedienung, erstand eine halblange

Baumwollhose, nicht «Made in China» für 9,90. Auch so ein Wunderpeis, alles kostet nach dem
Komma 90.
Wusch die Hose im Waschbecken aus, hängte sie zum Trocknen und Bleichen auf die Wäscheleine am Balkon. Bleichen ist gut, die UV-Strahlung nimmt die Farbflecken weg.
Drei Häuser weiter ein Obstgeschäft, wo es Brot und Schmalzkringel gab.
Er nahm beides, ein 6er Tragerl Wasser, kleine, feste, hellgelbe Bananen.
Die Rechnung kam auf braunem, weichem Packpapier, erinnerte ihn an Bulgarien und endlich nach dem Komma eine schöne Null.
Daneben mit kleiner Terrasse eine saubere Konditorei, er nett und lustig, sie streng und mit dunklem Blick. Zwei große Glasvitrinen im Geschäft und einer, der sich aufs Stromsparen versteht, der Kühler für die Getränke im Schatteneck.
Bestellte dort Café Sketo, dazu was von der Vitrine, daneben einige Mürbkeks. Wasser kam so in einem großen Krug aus Glas. Mal ganz was Neues.
Dort lesend, sitzend, schauend, vergingen die späten Vormittagsstunden mit Ulrich Müthers „Schalenbauten", unterbrochen von Versuchen, die richtigen Kubaturen zu errechnen.
Er hatte Strand und Meer gut im Blick, unterbrochen von Fußgängern beim Einkaufen und Flanieren. Keine Hunde und Katzen, alle gefressen. Auch hier die Toilette sauber und gut belüftet, mit Extraschlüssel. Luft zirkulierte unter dem Vordach und niemand nahm Notiz von ihm.
Dieser Duft machte ihn schläfrig, er spürte einen leichten Luftzug um die Nieren. Bad Mergentheim, ein roter Opel Diplomat mit schwarzem Dach und

einem 12 Zylinder Motor. Ein halbtoter Chauffeur, eine Zigarette verlöscht im blutigen Sitzstoff. Der Wagen wippte wie auf einer Kippe. Sah hinunter auf die Stadt, den Kurpark, stieg aus und lief auf Socken weiter.
Die Gegend sanft mit weichen Hügeln, Wein drauf, schmale Schotterwege dazwischen. Sein Wagen stand in Blau am See auf dem kleinen Parkplatz, knapp an der Lokalbahn wo die Umkehrstelle für die Holztransporter ist. Rund herum Föhrenwälder, duftige Wiesen und eine saubere Brauerei, abschüssig am Hügel hingebaut. Ohne Schuhe geht es auch, nur wie lange? Kaum Verkehr und er ging unbeachtet weiter. Stieg eine Böschung hinunter, vorbei an Abstellgeleisen, rastete an der Schattenwand eines kleinen Geräteschuppens. Er seufzte, bekam Nasenrinnen, spürte die Narbe im Schritt. Keine guten Zeichen.
Dann eine lange zweireihige Allee, voll mit Kastanienbäumen, die Blätter schon etwas gelb. Er mochte die hellen Asphaltmischungen mit kleiner Gesteinskörnung und zwei Zentimenter Verschleißschicht darauf, schön eingewalzt.
Hier war es einfach zu schön. Die Sonne im Rücken spürte er durch den dünnen Sakkostoff. In Blau am See fand er ein Schuhgeschäft. Hab die Sohlen verloren, murmelte er so vor sich hin. Fand die richtigen, passte exakt mit 44 1/2 die Größe, weiche Kreppsohle, luftige Halbschuhe. Er nahm zwei Paar und eine Dreier Packung hellgraue Socken. Der Schuster sah in interessiert an und er wird sich erinnern, wenn man in fragt oder er es bei einem Bier seinen Tischgenossen erzählt. Auch wurscht, kannst nichts ändern, ist so.
Beim Metzger gegenüber kaufte er sich eine Flasche verdünnten Apfelsaft, nannten die hier Schorle und zwei weiße Brötchen, so übergroße Semmel mit jeweils einer dicken Schnitte Hartwurst dazwischen und einer

Scheibe milchig weißem Käse. Setzte sich auf die Brunnenumrandung und aß und trank das Ganze mit Genuss. Tat alles, nur damit man sicher an ihn erinnerte.
Nun fühlte er sich besser, viel besser und die letzten Kilometer zum Parkplatz kamen ihm zu kurz vor.
Beim Auto angekommen, nervös, er fand den Schlüssel erst in der dritten Tasche. Verstaute die Schuhe und Socken im Kofferraum, fuhr barfuß weiter. An der Panzerkaserne vorbei, ins Seitental hinunter und weiter nach Tauber Bischofsheim. Vorher bei der Shell getankt, das Auto waschen lassen. So viel Schaum dabei hatte er noch nie gesehen.
Nochmals Glück gehabt oder wieder, schon wieder.
Dort legte er eine Nervenpause ein zum Beruhigen, streifte durch die wundervolle Stadt auf dem Hügel und sah den Tornado Jets bei den Nachtflügen über der Hohenloher Platte in dieser Vollmondnacht bei den Trainingsflügen zu. Roch das verbrannte Kerosin in der Luft, so was wirst nimmer los.
Auch der trockene Weißwein hier war ihm zu fruchtig süß und zu warm. Er war etwas zittrig, musste sich die Hand mit der anderen halten, sonst hätte er den Wein aus dem Glas geschüttelt auf dem Weg vom Tisch zum Mund.
Mein Gott, war er im Eck oder sonst wo.
Schnell weg aus der Gegend, er fuhr die frühe Nacht durch nach Schweinfurth. Fichtel und Sachs leuchtete den Morgen aus. Träge wie von Melasse zurückgehalten schoben sich Frachtkähne vom Ablege Pier weg. Weit dahinter von Wäldern verborgen die Kuranstalten. Dort blieb er eine gute Woche bis das Zittern verschwand und er anfing, neu zu planen.

Spielte den Abgewrackten, konnte kaum Schlafen. Den Wagen ließ er in einer Servicewerkstatt verschwinden, Viktor besuchte ihn, das tat gut. Nur da sein, nix reden. Sie fuhren in einem Buggy durch die Gegend, nur um Aufzufallen wegen dem Erinnern.
Sein Pilotenkoffer hatte die Schlosssperre dreimal sieben und blieb verschwunden bis heute, samt Opel Diplomat und dem Fahrer. Vielleicht hat man nichts finden wollen, sollen.
Er darf nicht oft daran denken, an die Geleise, diese Landbahnhöfe sonst holt dich die Vergangenheit ein. Noch schlimmer die Doppelbrücken, mit den aufgenieteten, seitlichen Bogenträgern, die die Belastung aufnehmen.
Der Föhrenduft war es, kam mit dem Landwind herein. Nur hier halt griechisches Harz aufgeheizt und vorgetrocknet. Nase an Gehirn und die Vergangenheit staucht einen zusammen. Er war nicht fit. Diese Allee mit den krebsigen Kastanienbäumen.
Schüttelte sich wach und nach einigen kleinen Schlucken Café Sketo las er die „Katamerini", „Griechenland heute" und andere Weltliteratur. Bestellte eine zweite Tasse, trug die leergetrunkene ins Geschäft und genoss die Kühle dort drinnen, samt dem Duft der Backwaren.
Ciga, ciga – leben mit wenig Geld, glücklich sein und werden, die Zeit verrinnen lassen und keine Vorwürfe machen, es hinnehmen, wie und wann es kommt, nichts bereuen, nichts fürchten. Geduldig sein und lernen.
Was fällt, das lasse liegen, las er mal vor langer Zeit. Von irgendwo her hörte er eine Türe sich sanft in den Rahmen klappen. Eine bulgarische E-Klasse 320 rollte vorüber. Irgendwas fiel ihm auf, denn weiter unten

befanden sich einige Angeber Hotels und eine Besäufnisbar in speckigem Holz am Ufer, ein zu lautes Café mit Gästen im ersten Stock. Gesindeltreff, halbseiden mit wenig Geld und zu vielen Verlierern, schade um die jungen Leute, die kein Auge für die Gegend und Arbeit haben. Dazu passend fette Geländewagen mit dicken Reifen in den Ufersand hinein geparkt. Klimaanlagen markierten die trockenen Steine ins nasse Dunkelschwarz. Eine Sauerei ist sowas. Am nächsten Vormittag gab es ein gutes Zusatzgeschäft für den Vulkanisör an der Uferstraße oberhalb des Ortes. Noch weiter runter, dort wo die Felsen zumachen, ein Marinedenkmal, eine Kraftstation im Berg, alles sehr sauber, sehr neu in Sichtbeton und sehr scheußlich.
Die armselige Hafenmole mit einigen Plastikbooten gab auch nichts her. Das lokale Polizeiboot hing halb abgesoffen an den Trossen, der Außenborder demontiert, verkauft, verliehen. Sein Wirtshaus knapp neben der Unterkunft am Strand, leichtes spätes Mittagessen und dann was Gescheites Abends. Man liebte ihn dort sofort. Er gab Trinkgeld, wenn auch knapp und bestellte was schmeckt und gut und nicht nach Preisliste Speisekarte. Dafür gab es gratis einen hausgebrannten Tsipuro von Verwandten des Kochs aus Kreta.
Er bekam schon ein schlechtes Gewissen, so gut ging es ihm und der Rücken frei. Im Hotel war man fast zu freundlich zum ihm, wusste nicht warum, traf einen ausgewanderten Griechen aus Australien, gescheiter Kerl und man redete über vieles, Flugzeuge, die griechische Seele und warum Franzosen lügen.
Er fand die Deutschen hatten recht und Wenger stimmte zu. Wenger dachte beim Reden an Iris, die Cote und an Zitronenhandcreme.

Das Bad hatte im Zimmer noch so geklappte Fenster, mit einzelnen Glasteilen in Kupfer gefasst, in Jalousien Anordnung, die in einen Innenkamin hinein gingen, jedoch dieser sauber, lichtdurchflutet. Im Vorraum ein Kühlschrank den er auf erste Stufe zurück stellte. Genügt auch für die Drinks und das Wasser, spart Strom und macht weniger Kompressorlärm, schüttelt sich nur einmal pro Stunde.
Er gab das Kennzeichen dieses Mercedes nach Berlin durch, dabei kam nichts raus. Gemeldet auf einen gewissen Donchev, Präsident des Roten Kreuzes in Sofia, Politkasperl und Frauenheld, manchmal auch in Filmen zu sehen. Nebenbei Verkaufsleiter einer Hygienefirma. Eine perfektere Tarnung für einen amerikanischen Spion kann es nicht geben. Hat vor langer Zeit mal in München für Radio Free Europe gearbeitet. Wie sagte der Bereitschaftsdienst - ein arrogantes Arschloch, ungefährlich, er schon, nicht seine Freunde. Nur im Wagen saß nicht er, sondern ein böse blickender, sagen wir mal geistig eingeschränkter Leibwächter mit Schweißperlen auf der Stirn. Der Typ ging keinen Meter zu Fuß, hatte ein Zimmer in einem dieser Betonbunker Hotels. Versaß die Abende in der Bar davor. Trank Whisky mit Eis, dazu so ein Aufputsch Zuckerwasser mit Farbe. Rauchte unentwegt neu-moderne Filterzigaretten vor sich hin.
Die richtige Mischung, um mit 35 den Löffel abzugeben und bei Kastner & Öhler aus der Kundenliste gestrichen zu werden. Nervös der Typ und immer alles im Blick haltend.
Wenger beobachtete das beim Abendspaziergang mehrmals. Später konnte er ihn zuordnen, eine neue Villa mit Überwachungskameras ausgestattet. Davor zwei sauteure Range Rover V8 in schwarz. Einer mit bulgarischer Zulassung, der andere mit einem Athener

Kennzeichen. Das Ganze umrundet von einer europäischen Rasenfläche mit zwei Meter hohen Edelstahlzaun, mit Nirosta Stacheldraht. Obendrauf garniert, dreieckige, böse blinkende Metallplättchen. Das Fensterglas nicht einsehbar gemacht und am Dachvorsprung eine Sendeantenne und allerlei Marine-zubehör, grün militärisch gestrichen wie die Leitungen für Hydraulikpumpe, aufmontierte Parabolspiegel.
Die ganze Anlage pick fein und kalt gewaschen.
Ein Grundstück daneben, dort werkt ein Bauer, ein alter, schlanker Massey mit Schwenkachse davor, Hühner und Ziegen drauf.
Das Haus, eine zigfach gekalkte Kate lag etwas tiefer als der Meeresspiegel, das Dach kaum sichtbar. Dahinter ein langer zugewachsener Grundstücksschlauch bedrängt von Neubauten hangseitig, fertig aber nicht bezogen.
Die Roverfahrer hatten zickige Frauen vom Paintshop und lästige Kinder, wo er sie alle beim Mittagessen am Nebentisch sehen konnte. Breite Goldarmbänder passten gut zum Erscheinungsbild. Der Grieche bestellt dauernd was und hielt den Kellner am Laufen. Der Bulgare rauchte beim Essen dazwischen, trank einen Schnaps nach jeder Speisenfolge.
Nächster Morgen, Auto weg und der Typ auch. Er sollte ihn wiedersehen.
Dicke weiße, fette Wolken zog über das Küstengebirge heran, es begann sanft, leise zu regnen. Die Luft danach weich, staubfrei mit einem sagenhaften Duft drinnen, denn er nicht zuordnen konnte. Kaum noch Touristen da, bis auf zwei aus Athen und einigen Dauergästen aus Holland.
Sanfte Stille eroberte die Bucht, er besuchte die Kirche.

Drinnen drei Frauen in schwarz, ein Rentner mit Stock und Wenger. Zündete seine Kerzen an, spendete etwas zu laut und trollte sich von dannen.
Aufbruch war angesagt.

09:30 einige Tage später die Küstenstraße entlang, der Tod fährt Motorrad.

Leonidi durchfuhr er langsam, die breite Hauptstraße durch den Ort, vorbei an den steingemauerten, quadratischen Häusern, um durch eine enge Baustelle den Ort im Nordwesten zu verlassen. So eine schöne Stadt. Die Ruhe und Gelassenheit von hier nahm er mit. Diese Kleinstadt hat etwas Erhabenes, Stilles und viel Weite in diesem Trogtal. Vor dem Ort eine Baustelle, mit herum rinnendem Wasser auf geschotterter Straße, in den Ort hinein die schönen Baumreihen in Ruhe gelassen.
Ein roter Mini zog an ihm in einem Höllentempo vorbei, verspritzte Sand und Kies. Die Seitenscheiben ein gedunkelt. Nach einer guten halben Stunde parkte er in einer schmalen Schotterbucht, ließ die Fenster halb offen. Hier war ein Duft von Bergkräutern, der durch diese Schlucht wehte. Er roch Maggikraut, obwohl es das in Griechenland doch gar nicht gibt und doch.
Der Bach auf der linken Straßenseite eingetrocknet, einige grau gebleichte Telefonmasten standen einsam und traurig etwas weiter oben. Ihr Schmuck, kleine weiße Porzellanisolatoren, die schief oben montiert. Kein Verkehr, er war allein. Angelehnt an einen glatten Felsen schaute er Bergbienen bei ihrer Arbeit zu und

trank halbwarmes Wasser. Keine Ameisen, nicht mal diese schwarzen dunklen Ungetüme gab es hier.
Er dachte an Lucien Thiel, schlaksiger Typ, diesen elendslangen Gang nahe Istres, wo eine Rank Xerox auf einem mächtigen Möbel steht. Er fand ihn dort, schräg angelehnt wie schlafend an einem frühen Morgen in den späten achtziger Jahren, mausetot. Irgendwie verkrampft. Als Wenger direkt vor ihm stand, spürte er einen Luftzug unten an seinen Hosenbeinen. Viel später fand man diese viereckige Klappe in der Bodenleiste.
Ein Giftpfeil, kleines Kunststoffteil steckte knapp über seiner linken Achillessehne.
Später dann in der Auvergne, dieses Hochplateau, der lange Marsch, abends. Neben der Landesstraße geführt ein Radweg, wo die Motoradstreife entlangfuhr. Man war auf der Jagd. Seit Tagen, sie wussten wer und wo. Wenger zu Fuß, es wurde plötzlich matt dunkel. Er ging knapp am linken Fahrbandrand, vor ihm und hinter ihm einige vom Team. Beklemmend diese Dunkelheit, kein Wind. Leichter Nieselregen kam auf und nun führte diese viel zu breite Straße durch ein Waldgebiet.
Ein Polizeiwagen kam entgegen, er ging in den Waldrand hinein, drehte sich um, den Kopf leicht hängend lassend die Hände vor dem Körper. So ging er glatt als Bewuchs durch. Das Blaulicht zappte weiter in die Finsternis und verschwand. Er tippte auf einen Renault 17, so ein Schaukelwagen, zuverlässig.
Ein Dorf kam in Sicht, einige wenige Fenster unter Licht. Man fand sich zusammen an einem leeren Brunnen am Marktplatz, bewacht von schrägen, dunklen Häusern die böse zu ihnen hinunterschauten.
Wir haben ihn, er steht an der Seitentüre zur Sakristei. Joliviet wird das erledigen. Zweimal ein kurzes Paff, ein Rutschen und dann Stille. Wenger ruderte mit den

Armen, ihm war schlecht. Der Täter tot, nur das ändert nichts. Eine Cognacflasche ging rund. Auch so ein saublödes Ritual.
Citroen Busse mit Schiebetüren sammelten sie ein, der Delinquent bekam seinen eigenen Kombi, einen hochbeinigen Peugeot 404 Kombi.
Er roch schlechtes Benzin, so ein Mist das Alles.
Was blieb, Dunkelheit, ein wenig Erinnerung und ein langer Gang. Der Cognac brannte ihm die Speiseröhre runter. Aufwischen nannten die Amis solche Aktionen, soweit er ihren Slang Ausdruck richtig deuten konnte. Aufwischen nicht Aufräumen.
Der Himmel hellblau und es herrschte eine Stille, die alles sagte und nichts versprach. So ruhte er sich im Halbschatten aus. Keine Vögel, nur ab und zu ein Rascheln und Rieseln in den Felsen.
Ben Gun, die Schatzinsel kam ihm in den Sinn.
Stille, nichts tun, langsam sterben. In Ruhe woanders hingehen, dem Wind zuhören. Auf dem Beifahrersitz niemand und doch wer da. Keine versiegelte Urne, gesichert mit dem Gurt, nichts nur ein vager Duft, einige Haare im Wind ein sanftes Tuscheln. Früher kickte er diese beim Fenster hinaus, jetzt gingen sie ihm ab. Er dachte an Monika, den Notartermin in diesem verdreckten Bürohaus. Erinnerte sich an Kroatien und diese total verschmierten Bürotüren, um die Türklinke herum in Samobor. Drinnen sitzend, wie ein fetter Frosch, ein alter böser Direktor mit dunklen, fettigen Haaren. Ein gieriger Devisenfresser der viel versprach und kaum was einhielt. Die Beton-, Fertigteil- und Zementwerke dort am Eingehen. Dann 200km weiter nach Slovanski Brod, Besprechung halb unterirdisch in einem ehemaligen Geheimdienst und Kommunisten-lokal bei weißen Knödeln und zu viel Bier. Was er nicht trank aber die anderen um ihn herum. Die ewige

Raucherei ging im auf die Nerven, hängte sich ins Gewand in die Haare. Es war nicht seine beste Zeit. Die Gehaltszahlungen, verspätet.
Weiter nach Slawonien hinein, mit den kleinen Weinbergen, armseligen, halb verputzten Häuschen, Schweinezucht und still gelegten Industrieanlagen. Viel Rost und die gute Natur überzog alles. Es roch noch immer nach Chemie und Naphtalin. Überall Landminen und man schiffte durch die Felgenlöcher auf die Scheibenbremsen, da sich keiner vom Straßenrand weg traute. Die Bremsen griffen dann besser. Ekelhafter Gestank nach geröstetem Urin. Zerbeulte FAP-Lastwagen und sonstiges Eisenzeugs an den Waldrändern, grüne Panzer mit Vierlingsflak drauf, wie neu. Eine abgestürzte Galeb lag halbverbogen unter einer steinernen Brücke. Alle am Jammern, zu viel Alkohol, da wirst zum Pessimisten und schmerzanfällig.
Warum haben uns die Russen verlassen brüllte einer.
Motorengeräusch riss ihn aus seinen Erinnerungen.
Ein weißer Renault Megane kam die Straße herunter und hielt direkt bei ihm an. Drinnen ein älteres Ehepaar wie sich nach dem Gespräch herausstellte. Er begann mit – Bonjour Madame, mon francais est tres malade... Viel Lachen folgte und man verstand sich langsam aber freundlich.
Die zwei waren durstig, er ließ sie von einer frischen Wasserflasche trinken und gab ihnen einige seiner Bananen ab. Sie stämmig in einem Sommerkleid, lustige Augen weiße Haare, er dünn mit Halbglatze und dunklen, stechenden Augen, die wieselflink alles wahrnahmen, etwas gebeugt. Früher mal Buchhalter gewesen, sie Leiterin einer Mädchenschule. Punkt.
Sie waren auf großer Rundreise, wollten weiter nach Tyros und vorher noch mindestens ein Kloster besuchen. Er erklärte Ihnen die Seitenstraßen und

mahnte, in Griechenland nie ohne Wasser und Dauerbrot unterwegs zu sein, Taschenlampe und Toilettenpapier nicht vergessen. Hunger macht stinkig, Durst aggressiv. So ist das.
Schrieb ihnen die zentrale Nummer der Fremdenpolizei auf und dazu die des griechischen Automobilclubs.
Sie waren aus Salon de Provence, alles mit dem Auto gemacht und in Thessalien oben im Norden ihre Rundreise begonnen, freuten sich nun auf Nauphlion, die Argolis und später dann Richtung Athen nach Attika. Kamen von Monemvassia, was eine gute Leistung, da beide an die siebzig und seit dem frühen Morgen unterwegs. Er empfahl ihnen als Zwischenstopp Xyroprigado und das Sunset Hotel dort. Gab ihnen die Hotelkarte mit und den Rat dort mindestens drei Tage ausspannen. Er überließ Ihnen eine seiner Griechenlandkarten, denn ihre war eine von der Autovermietung, der Maßstab viel zu klein mit Werbeaufdrucken zugepflastert. Und wenn ihr so im Land unterwegs seid, immer bei halb vollem Tank die nächste Tankstelle anfahren.
Die beiden waren total glücklich über die Tipps und das Wasser, die Frau hatte so einen kleinen Fruchtsaft mit 200ml, damit kommst nicht weit.
Man redete über Kultur und Geschichte und das diese Reise ein langersehnter Traum von ihnen war, den sie nun realisieren. Er war mehr der Zuhörer, sie agil und am Reden. Sie bedankten sich und luden ihn ein auf einen Plausch mit Abendessen, wenn er in Südfrankreich war. Als sie abfuhren fühlte er sich gut und hatte die Visitenkarte des Mannes in seiner linken Hand – Frederic Parrot, Mag. Ingenieur technique Exportkaufmann, Rue de liberation 37, Salon usw. Er hatte doch Buchhalter gesagt? Karp Industries, er meinte den Typ zu kennen.

Das war kein Leihwagen gewesen erinnerte er sich später. Blieb weiterhin in seiner Ecke stehen um die Umgebung, dieses Urgestein auf sich einwirken lassen. Er drückte den zweiten Sitzüberzug zurecht, was so ein Stretch Leintuch für ein Kinderbett ist, ließ sich gut waschen und saugt Schweiß auf. Die Bodenmatte ausgebeutelt und er fuhr mit offenen Fenstern weiter. Hinten abgelegt ein kleiner Buschen graublauer Lavendel und sonstige blühende Kräuter, von denen er vorher allerlei Kleingetier abgestreift hatte.
Der Opel liegt gut in den Kurven und er gleitet in der dritten dahin, gemütlich einfahren war angesagt.
Er fuhr still und zufrieden den Bergzug hinan, verweilte oben auf der Scheitelstrecke, fuhr weiter nun die lange breite Straße an einem Gegenhang hinüber nach Kosmas. Dort wo man noch im Frühsommer mit Anorak und Haube in den Wäldern arbeitet.
Freute sich auf die unendlich lange Gerade, die fast direkt hinunter nach Geraki führt wie in eine andere Welt, unwirklich mit einer fast menschenleeren Gegend. In der Nacht mit Sturm und Schneegestöber, da wirst katholisch. Kaum Häuser, östlich davon bergige, felsige Landschaft und auf der anderen Seite sanftes Hügelland, mit einer versteckten Schlucht, eine in Stein gemauerte Galerie, für ihn die schönste in Griechenland.
Man muss bis zum zweiten Straßenknick runterfahren, bis zum zweiten und abbiegen die große Richtung nach Molai – Monemvassia. Es laufen lassen, die Straße geht leicht bergab nach der kurvenreichen Abfahrt vom Parnon runter. Und ein Ziel musst haben, seines war Elia, eine kleine Pension am Meer, wo der Junior am Empfang sitzt und den gleichen Vornamen wie sein Großvater hat, Gregory und das zweite Hotel das ihnen auch gehört. In Molai wird er eine lange Pause machen,

in einen kühlen Supermarkt gehen, diesen alten mit den zerbeulten Schildern und einer guten Käseabteilung sich eindecken und ruhig werden.
Geraki selber war nicht seins, außer nach der Durchfahrt die alte Ölmühle und mit Fernsicht drauf die schöne Tempelanlage am südwestlichen Berghang.
Die Gegend darunter verwunschen. Die Erdstrahlen dort taugten ihm nicht, Abzweigungen, die ins Nichts führen.
Irrschnelle Maschinen unterwegs, er roch Upper Lube, Made in Holland oder was.

11:59 Früher Tod am späten Vormittag

Er trank gerade einen kleinen Schluck von seinem nachbestellten Café, als die Motoradgruppe zurückkam. Geduckt die Fahrer und noch schneller als vorhin. Knapp dahinter zwei Polizeiautos, Picasso Sedans mit Blaulicht und Folgetonhorn an. Die ersten drei Maschinen kamen gut vorbei, die vierte fuhr in die aufgestellten Tische und Sessel. Einfach so, knapp an Wenger vorbei, reaktionslos.
Der Fahrer blieb auf einem Tisch liegen. Die Maschine, eine Triumpf, zwischen zwei Stühlen eingeklemmt, wie abgestellt, der Motor aus. Er wollte gerade zahlen, bestellte nun einen Grassi bei dem jungen Mädchen. Sie schaute ihn groß an, blickte herum und kam trotz dieser Einlage bald mit dem Bestellten zum Tisch. Wenger blieb sitzen, trank, sein linkes Augenlied zuckte, der Fahrer tot, das sah er von seinem Platz aus, jedoch nicht von diesem Ausrutscher.

Etwas später wieselte eine BO 105 daher, landete direkt an der Kirche. Nichts flog vom Rotorwind herum, eigenartig. Zwei Mann ließen sich rausfallen, gingen ruhig in Richtung des auf dem Tisch Liegenden, untergriffen seine Arme und schleppten ihn zum Hubschrauber, Heckklappen unter dem
Tailboom auf, der Tote hineingehoben, geschoben.
Die Rotordrehzahl ging von Idle auf höher und die Maschine flog rückwärts weg, drehte sich in 50 Metern Höhe über Grund und zog voll auf dem Getriebe davon.
Das Ganze hatte keine fünf Minuten gedauert. Die wenigen Kafenion Sitzer hatten kaum was mitbekommen und Wenger auch nicht so recht.
Nur ein Scheibenwischer seines Wagens war vorne senkrecht weggedrückt vom Rotorwind beim Start.
Einige Serviettenständer umgekippt und Aschenbecher am Boden sonst nix. Der Hubschrauber hatte kein lesbares Kennzeichen, die Mannschaft in zivil, die Maschine grauweißblau lackiert, hohes Landegestell.
Er tippte auf eine CBS oder eine Power Version für hot und high, ziemlich frisches Baujahr.
Alle schauten sich an und um. Wenger zahlte, trank seinen Wein in Ruhe aus, blickte um sich und hörte zu.
So eine Aktion passte zu Dieter, nur der hatte gerade eine Teilamputation hinter sich. Fragen gingen durcheinander, Albaner, bulgarische Mafia, Türkeninvasion und mehr.
Beim Vorbeitragen sah er das blasse Gesicht des toten Motorradfahrers durchs Visier seines Helmes, nicht mehr jung sicher über fünfzig. Die Nase groß, schwammig. Fuhr ab, nochmals den Weg, die Abzweigung vom Dorf hinaus nach Geraki fragend weiter mit leichtem Kopfweh, um auf der ebenen Höhensstraße bei einer verlassenen Tankstelle einen

Stopp einzulegen, A zum Wasserlassen und B zum Nachdenken.
Abgeschlagene, weiße Fliesen, Kleberspuren und am Boden eine Rattenfalle. Silikonpest überall. Sicher auf Order eines internationalen Konzernes, die auch in Gramatneusiedl bei der Dorftankstelle Rattenfallen aufstellen lassen. Die Pumpen abgebaut und nur wenig Glasscherben rund herum. Die Ecken angeschissen, Papiertaschentücher klebten am Boden und die üblichen Kondompilze lagen herum. Hurra, wir beherrschen die Welt, nur schade um die eingegrabenen, doppelwandigen Sicherheitstanks.
Der Tote muss wichtig sein, hatte ein seriöses Aussehen was Ruhiges noch im Tod. Breite Nase, tiefe Nüstern mit herausstehenden Haaren. Die Haut blass, wie ein rasierter Schweinekopf. Erinnerte ihn an Johann, den Hans R.
Die Betondecke dort hell weiß, zerfressen von der Sonne und übersät mit kleinen Kotkugeln der Ziegenherden. Einige Pillendreher dazwischen.
Kaum Schweiß auf der Stirn, Mitesser drückte es ihm raus, als er am Haaransatz mit dem Fingernagel des Mittelfingers entlangfuhr. Umweltfreundliche Cholesterinentsorgung ohne Chemie.
Auch hier keine Ameisen und rund herum so eine Art Krüppelfichten, auf jeden Fall Nadelgehölz. Armselig dieser Bewuchs, die Rinde dieser Bäumchen viel zu hell. Im Leben wiederholt sich vieles aber nicht alles, nur er kam nicht drauf, denn diese Szene hatte etwas was ihn erinnerte. Er fuhr die Serpentinen rauf. Noch zwei, drei, dann ging es bergab. Nun auf betonierten Straßenteilen. Nicht mal die sonst üblichen Fertigbeton LKW unterwegs, keine Pickups. Nur ein einsamer Massey Ferguson Nachbau aus Serbien kam ihm entgegen. Darauf ein vorneüber gebeugter mit

Strohhut bedeckter Bauer. Blonde Haarsträhnen und blaue, lustige Augen.
Man winkte sich zu. Stille und sonst nichts. Hätte gerne mit ihm gesprochen.
Der Fahrtwind zupfte herum und trug vom rechten, etwas geöffneten Fenster den Duft der Landschaft rein. Die Luft trocken und kühl. Wenger fuhr links ran, gegen die Fahrtrichtung, da war ein sauberer Schotterplatz und marschierte in eine sanfte Hügellandschaft hinein, den Wagen in Sichtweite.
Er musste gehen, Zeit und Strecke hinter sich bringen sonst wird er noch verrückt vom Denken und Fragen, die er nicht beantworten wollte und konnte.
Ein Minireh beäugte ihn, trabte ruhig weiter, wunderschönes Tier mit einem kurzen, hellbraunen, glatten Fell, grazilen Beinen und einen anmutigen Kopf. Die Augen irgendwie traurig. Er marschierte weiter bis die Schuhkappen voller Staub waren und an den unteren Hosenbeinen allerlei Samen und Gestrüpp Teile sich eingehängt hatten. Vor ihm stand einsam und verlassen ein blau angestrichener Schaufelbagger, uralt Hanomag. Die Hydraulikkolben glänzten, keine Spur von Rost. Baujahr 59, 96 PS, der Rest des Typenschildes war plattgedrückt. Der Fahrersitz hochgestellt. Wirkte gepflegt, nur, er fand keine Fahrspur des Gerätes. Hier gab es Geister, die mit dem Wind herumsegelten.
Aus dem linksseitig angebrachten Holzwerkzeugkasten schaute ein Aluminiumlöffel hervor, großes Ding. Hinten drauf eingestanzt eine Blüte, darunter W.S.M. dann die Zahl 38. Noch weiter unten R.A.D. Dieses Kürzel kannte er aus dem Berliner Besprechungsbunker = Reichsarbeitsdienst. Sah aus wie neu, keine Kratzer drauf, federleicht halt für den Geschirrspüler nicht

geeignet. Behutsam legte er das Besteck zurück. Fühlte sich beobachtet.
Grauweiße Felsen, die aussahen wie aufgeschobene Sandhaufen lagen herum. Er blieb stehen, schloss die Augen und tat sonst nichts. Dieses Rotorgeräusch kannte er. Eine, drei Bell 205 nagelten daher, niedrig waren sie unterwegs und er schaute ihnen interessiert zu. Kurs nordwestlich und nicht lange dann schmeckte er den Kerosingeruch in der Luft, der wabernd daherkam.
Ihm kam vor die Baumaschine war besser in Schuss als diese Hubschrauber, das gesamte Heck eingeschwärzt von den Abgasen und die Farben verblasst, Flecken auf dem niedrigen Landegestell. Das Rasseln der Reduktionsgetriebe hörte er noch einige Zeit.
Plötzlich ein abgerissener Lärm, Stille. Er bekam Gänsehaut, war sich sicher hier nicht allein zu sein, spürte wie sich die Haare auf den Unterarmen gegen die Hemdsärmel stellen. Drehte sich langsam im Kreis, nichts und doch was da. Vergessene Seelen, Geister aus der Vergangenheit. Feen waren ihm da lieber, oder Nebelhexen aus dem Märchenwald.
Hoch droben Kondensstreifen, er tippte auf eine vier MOT, alte 747-200 oder so.
Der Himmel stahlblau, keine Wolke da und kaum Wind über dem Land. Er studierte lange und intensiv eine Michelinkarte 1:200.000, Spezialanfertigung von Marseille und Umgebung. Er wird bald die Firma Savon de Marseille besuchen. Fahren über die Cote hinunter, vorher einige Tage sich im Hinterland und am Cap du Negre erholen.
Er fuhr weiter die lange Gerade entlang, fühlte sich leicht und gut mit etwas Arroganz oder besser gefühlter Überheblichkeit.
Etwas blöd sein ist schön.

12:34 Und irgendwie alles unwirklich und sanft

Vorher von Tyros rauf hatte er sich verfahren, ein wunderschönes kleines Kloster gefunden wurde da irgendwie hingeführt. Er verfuhr sich gerne und oft. Nur so lernst Land, Leute und dich selber kennen. Neue Zufahrtsstraße, dunkles Asphaltband, den Berghang entlang, manchmal gespickt mit abgebrochenen weißen Felssplittern.
Vor dem Kloster ein sauberer Parkplatz, talseitig. Alles andere in den Hang gebaut, Libellen in der Luft, eine sanfte Stille und wenig einheimische Besucher fand er sitzend, als er in den Klosterhof hineinging.
Eine starke Energie ging von hier aus, er fühlte sich wohl und geborgen. War zirka sieben Kilometer von der bergseitigen Straße gefahren, um dort hin zu kommen, als er vorher bei einer Aegean Tankstelle sich versorgt hatte, den Tank aufgefüllt. Ein junger Wilder mit schwarzem Vollbart war dort Tankwart. Diese Service-leute saßen den ganzen Tag am Schreibtisch und schauten ihren Kunden bei der Arbeit zu. Blickten gelangweilt in ihre Computer oder in einen der Überwachungsmonitore, süffelten Café Frapee, rauchten unentwegt. Sein Büro voll mit alten schwarz-weiß Hochglanzfotos von Hollywood Klassikern, eine neue KTM stand direkt neben der Kasse. Der Fliesenboden frisch geschrubbt. Der Typ konnte oder wollte einem nicht in die Augen sehen. War kein Grieche, eher Armenier. Und Angst hatte er auch, Wenger roch sowas. Der junge Mann eine Spur zu höflich und bot zu viel Respekt an. Er nahm noch

Sesamstangerl mit, ohne Erdnüsse drauf, zählte die Münzen auf den Kassatisch. Adio und ging hinaus.
Um die Tankstelle in großen, frisch gestrichenen Tontöpfen rot blühendes Gesträuch, dazwischen ein sich dahin schlängelnder, grüner Wasserschlauch, der eine dunkle Endspur auswarf.
Das Dach darüber eine Schalenbaukonstruktion, aus dem Arbeiter und Bauernparadies. Wunderschön, schlank und doch so fest, erinnerte ihn an eine Servicestation in Friesach und eine Raststätte in Mecklenburg vor Pommern.
Leere, flache Parkplätze, misslaunige Vopos, weiß glühende Scheinwerfer, Eisregen und eine schier endlose Fahrt nach Rügen. Es gab Tee mit goldgelbem Kuba Rum, braunem Zucker aus Weißblechdosen, dazu dunkles fettes Schwarzbrot mit Hartwurst drauf und hellgelben Bruchkäse in Butterbrotpapier. Mein Gott, war das gut, man brauchte was zum Verbrennen.
Damals kannte er noch ein echtes Hungergefühl.
Zum Abschluss gab es halbtrockenen Krimsekt. Es war fürchterlich kalt, gefühlte knappe minus 20 Grad bei Sturm und wie schon oft kamen die Polen zu spät.
Schalenbauten, Rohstoffzuteilungen, die volkseigene Werft in Stralsund. Gegenüber vom Krankenhaus die Wäscherei mit ihren An- und Umbauten und einem schrägen Parkplatz. Es gab so eine Art Weihnachtsfeier und endlich genug zu Essen. Er verteilte 100mm Golden Smart Zigaretten und Manner Schnitten. Fast alle tranken dieses leichte Bier und Korn, er Wein von Bruderstaaten und kostete einen fürchterlichen Cola Verschnitt. Die Heizkörper glühten und es war stickig und heiß. Er ging nach draußen zum Rauchen, seine Gitanes, 25 Stück in der Packung, trank mit Krankenschwestern Apfelschnaps, dazu gab es dunkle Kochschokoladebalken aus Polen. Wenger verteilte

Nagellack und solche Bleistifte zum Augenbrauen Nachziehen aus der Schweiz. Man nickte sich zu, geredet wurde nix, war glücklich.
Der Betriebsleiter leicht angetrunken gab von sich: Wir haben für den Kaiser gewaschen, für Hitler und nun für die Kommunisten und werden auch für die waschen, die noch kommen.
Danach fuhr er nach Putbus weiter, hohe Ehre wie für einen Staatsbesuch und um Promille kümmert sich niemand.
Versteckte sich in Wreechen, in Saßnitz gab es eine Kirche samt Pastor was gut für ihn war, konnte kaum mehr schlafen und trank zu oft und zu viel.
Stundenlange Märsche die Strände entlang vor den Kiefernwäldern retteten ihn, vorerst mal. Sigrid, eine stille Krankenschwester war seine Dauerbegleitung für den Tag, die Nächte allein, schreiben, grübeln. Entschuldigungen suchen und verwerfen. Trank Ersatzkaffee mit Schuss, dazu dünne Fleischsuppe. Plötzlich gab es Weißbrot vom Kombinat, gebacken in rechteckigen Kuchenformen mit goldbrauner Kruste, dazu Hagebuttenmarmelade aus Jugoslawien. Sipak oder so ähnlich hieß dieses seltene Naturprodukt. Soldaten in langen Mänteln, Sperrzonen, Schützenpanzer und Leute vom Sicherheitsdienst der Volksarmee. Alle Boote unter Verschluss, das Meer wild und mausgrau aufgepeitscht. Sigrid sah er nicht wieder, versuchte Republikflucht, ertrunken an der Ostsee. Er mitschuldig, zu viel erzählt. Eine sanfte, stille Frau, die wenig sprach und zuhören konnte.
Alois, dich kriegen sie auch noch dran und du merkst es nicht mal, war so ein Satz von ihr. Recht hatte sie und wie.
Gefroren hat er nie im Arbeiter- und Bauernparadies, allein war er immer.

Putbus, die Grande Dame mit Lachfalten, ging dort in jede Theatervorstellung. Wusste nie so genau nach Vorstellungsschluss, was er sich da angesehen und gehört hatte. Gut so. Kultur hat Vorrang.
Zum Frühstück vier Zeitungen, leicht feucht. Standardtext – Produktionssteigerung, unsere Fischereiflotte vor Afrika und neue Waffen braucht das Land. Für was und gegen wen, begriff Wenger nicht. Die Russen wollten halt wie die Amis ihr Klumpert loswerden. Comecon und Warschauer Pakt gegen den Rest der Welt, hurra.
Nur das Benzin hatte so fürchterlich gestunken.

EINKEHR

Die Frau Schwester Oberin begrüßte ihn in bestem Oxford English, vor langer Zeit war sie Recruitment Chefin bei einem Pharmariesen gewesen, welcher eine Tochterfirma in Athen hat, der größte Brillengestell Hersteller in Europa. Nun hier glücklich und zufrieden, wenn auch etwas zu hübsch befand Wenger. Und doch gerade richtig mit funkelnden, dunkelbraunen Augen und einem lässigen Faltenrand um die Lippen. Tolle Figur, lange zarte Finger, voller Energie und selbstsicher.
Er bekam etwas von dem weichen vielfarbigen Konfekt in Staubzucker gelegt aus einer Emaildose, eine Kirchenführung wo er Geld einwarf und seine Kerzen anzündete. Drei Stück, die er diagonal hinein drückt von innen nach außen in dieses hellbraune Sandbecken, von Reiskörnern unterbrochen. Danach übergab er eine Spende von 20 Euro. Dafür oder deswegen und weil die Unterhaltung gut lief, gab es

einen halbsüßen, schwarzen Kaffee, hausgemachtes Süßes, semmelgelbe Rosinen in Schale und Wasser von der Klosterquelle.
Hier war es schön, sauber und still, kaum Besucher. Eine griechische Familie kam rein und war keine fünf Minuten später nach mehrmaligem Kreuzschlagen wieder weg. Wenger allein, im Schatten unter Weinreben. Im Bodenbereich, junge, gepflegte Katzen, die rumtollen und Schaukämpfe ausfechten. Alle rot-weiß gefleckt. Rosensträucher, an deren Spitzen Vögel herum balancieren und nach Essbarem picken. Mensch war er glücklich hier. Streckte die Füße von sich. Hinter ihm ein in Holz gehaltener Rundgang mit Zimmertüren und eine junge Klosterbewohnerin beim Zusammenräumen. Die Bretter in einer hellen, glänzenden Lasur, die Nägel verzinkt. Also gab es hier Geld, um Qualität zu verbauen.
Ein prall gefüllter Abfallsack flog in einem hohen Bogen auf den Vorplatz. Fast eine ballistische Kurve und knallte knapp vor eine Novizin. Die dünne, helle Haut mit Brille trug den Sack mit anderen in Richtung Parkplatz. Der aufgemauerte Brunnen in der Ecke besetzt von kreischenden Spatzen, davor ein Wasserspeier, der genau wie die Quelle schüttete, die Wassermengen gurgelnd auswarf. Darunter ein weiterer Gang, halb wie im Keller. Überall Blumen und Gemüse, das sich hochrankt. Der Klostergarten weitläufig, eine Seite felsig und hinter einem weiteren Tor die gesandete Zufahrtsstraße von früher. Rot-graue Steinmauern sicherten das Gelände in Richtung Tal ab. Dahinter ein fast neuer silbriger Geländewagen, ein Lexus, also ganz was Billiges.
Er rätselte einige Zeit, bis er dahinterkam, dass rückwärtig eine weitere Zufahrtstrasse war, in Schotter, die den anderen Berghang direkt bis ans Meer hinunter

verband. Die Sicht ins weite Tal mit den gezirkelten Agrarflächen und dahingestorbenen Fertigungsanlagen eines Motorenbauers, tolles Patent, jedoch die griechische Automobilproduktion eingeschlafen, außer einem Entwicklungsbüro in Sparti am Tropf von EU-Förderungen.
Zwei Toiletten gab es hier und die irgendwie «unbalkanisch» sauber und gut belüftet. 30 blau gestreifte Libellen flogen herum. Er tankte Energie für tausend Jahre oder das ewige Leben. Ihm ging nichts ab und er hinterfragte nichts. Blieb im Halbschatten sitzen, saugte die fruchtige Luft ein und ließ die Zeit verrinnen, nickte kurz ein.
Die Klosterausfahrt weiter oben, fünf Kilometer entfernt, eine runde, halbhohe Natursteinmauer mit goldenen Ikonen drinnen, von kleinen Mosaiksteinen ausgelegt und beschützt. Davor ein kleiner Brunnen und rote, grell blühende Blumen in Wandtöpfen eingehängt. Die Sonne vom Meer rein, nagelte den Berghang fest. Kalkgestein blinkte zurück. Die Straße gesäumt von einigen modern aussehenden Fabriksgebäuden, still entschlummert mit Autowracks davor und den üblichen mit zu viel Beton gegossenen Zäunen, die Ausmaße von Panzersperren hatten.
Unten in Tyros gefiel es ihm wenig bis gar nichts, außer der alte Stadtkern mit Festung. Die Uferpromenade zugeparkt, gefüllt mit dünnen Hotels, Pensionen und schrillen Läden. Viel Lärm, sandige Parkplätze ohne Ölabscheider und überall leere Kaffeebecher im Wind. Dahinter ins Land hinein armselige Schilfbestände, vereinzelt dazwischen einige Protzburgen der Neureichen ohne Kanalanschluss. Irgendwo dann in Ufernähe drückt es das Braunwasser heraus und Schlimmeres.

Nicht so in diesem Kloster, da gab es eine biologische Kläranlage. Kommerz macht dumm und gierig.
Baden da unten in den Uferbereichen bringt dich früher ins Krankenhaus als dir lieb ist.
Die Stichstraßen breit und brutal zu den Stränden hinunter gebaut, als ob es Landfläche im Überfluss gab.

15:40 GERAKI ANDERS

Kurz vor der zweiten Abbiegung, wo es die Stichstraße nach Geraki hineinging und man an der Schule und einigen geschlossenen Lagerhallen vorbeikam, beim schattigen Friedhof, den er mochte, eine beidseitige Straßensperre. Er ließ den Wagen ausrollen, Klima aus, Fenster auf und wurde weitergewinkt. Auf der anderen Straßenseite eine lange Warteschlange von Autos, Traktoren und Sattelschleppern. Nirgends ein roter Mini. Kurz vor Molai Zivilstreifen bei der BP Tankstelle mit dem Reifengeschäft. Einen „Platten“ herrichten kostet dort sieben Euro, macht der Chef persönlich. Das Ganze in Rennes mit Rechnung bei einer blitzsauberen Renault Werkstätte 19,60.
Er durfte weiterfahren, von dunklen Sonnenbrillen geschmückten, durchtrainierten Schaufenster Puppen-männern durch gewunken. Die interessierten sich mehr für den neuen Opel als für den Fahrer.
Den bulgarischen 320er hatten sie dabei schon ausgesondert. Die suchten jemanden und hatten darüber ganz genaue Informationen.
Weiter unten, er fuhr mit exakt 50, parkte er beim Geschäft und ließ den Wagen direkt neben einer der Eingangstreppen stehen. Zuerst ging er weiter in Richtung Polizeigebäude, davor war dieser sagenhaft

gute Bäcker mit seinen Süßspeisen. Kaufte sich dort die im Haus hergestellte Milchschokolade mit weißen, dünnen Mandelplättchen drinnen. Schokokekse, kleine runde, schwarze, die so gut schmecken, wie sie aussehen. Dazu einen flachen Laib Brot mit irgendwas drauf gestreut. Man kannte sich und der Betrag war eine runde Summe.
Danach im Markt – einkaufen, ausspannen und eine Crest Zahncreme gekauft, Puder von Sarah Lee, Ouzo 11er, so einen richtigen harten Industrieschnaps, Mineralwasser ein echtes.
Kein Tafelwasser von der Leitung hinter dem Haus, Käse aus der Tonne, Zwiebel einen hellen, weißen, Corned Beef und Frühstücksfleisch aus Dänemark. Dazu drei Flaschen Grassi zum Einkühlen und Küchenrollen, konvertiert in Patras.
Die Damen an den Kassen uninteressiert, zu viel geschminkt und immer schlecht drauf, wenn sie einem die Plastiksäcke hinknallen. Er packte sich das Gekaufte selbst ein, die hatten keine Ahnung wie man das richtig macht. Fuhr bei Adonis vorbei, parkte unter seinem Haus neben seinem gelben Landrover und trank mit ihm einige Tsipouro, dazu gab es saure, eingelegte, schwarz-blaue Tintenfischteile und halbweißes Brot mit frischen Tomaten, die er in grobes, feuchtes Meeressalz tunkte.
Das Bauernhaus stand am Anfang seiner Felder und vom zweiten Stock überblickte man das ganze weite Land hier, diese fruchtbare Ebene. Nur unterbrochen von kleinen Kirchen, einem Friedhof und Schotterwegen. Er ließ eine Flasche Glen Eagles Whisky bei ihm, was ihn ungemein freute, dazu eine Schachtel Sopranie Zigaretten, 100mm, Goldfilter. Nun hergestellt in Polen, die Qualität stimmte der Preis

sogar in Montenegro noch 4,50 Euro die Schachtel in der Supermarkt Trafik.
Mein Gott, war dieses Bor verkommen, das E-Werk geplündert, die alten Hotelschilder heruntergeschlagen, der klare Bergbach mit Plastikflaschen versaut, erinnert er sich.
Reden taten sie nie viel, jedoch Wenger hatte ein Auge auf sein Ferienhaus,wenn er da war und umgekehrt.
Adonis hatte hellblaue Augen, die immer in Tränenflüssigkeit schwimmen, schönes, gewelltes grauweißes Haar, das Gesicht voller Pockennarben und ein Alkoholproblem. Mit 48 in Pension gegangen worden, erfolgreicher Bankdirektor, Großbauer, schämte sich ein Grieche zu sein seit 2006. Er sah und wusste, dass die große Pleite im Anrollen war, besonders seit der Olympiade. Sein Ausspruch damals - jetzt haben wir die nächste Generation zu Bettlern gemacht, gut 30 Milliarden aufgenommen und nicht mal Geld für die Zinsen da.
Musste er mal nach Athen und egal wie lange es dauerte, er fuhr immer sofort nach Hause. Sein Sohn Gunner bei der Marine auf einer Sea Hawk, die Frau blitzgescheit, fröhlich und immer gut drauf. Er weniger, sorgte sich um sein Land, etwas zu viel.
Man verabredete sich für Morgen um zehn auf der Plaka, auf einen Café mit Hörnchen. Wenger würde ihn mit Wasser abfüllen.
Tausende Olivenbäume um ihn herum, er fuhr bedächtig und die Staubfahne legte sich träge in die Pflanzungen hinein.
Endlich allein.

18:00 Jausenzeit

Wenger hatte den Wagen weggeparkt direkt an eine hohe mit Blumen verwachsene, grobe Betonmauer, neben einem aufgerollten Wasserschlauch, der einmal nicht tropfte. Er wusch die Bremsen aus. Den Kühler detto, von innen nach außen, die Griechen hielten ihn deswegen für verrückt. Ein eingestaubter roter Mini, mit weißem Dach und dem Union Jack auf den Spiegelhalterungen stand versteckt, schräg im hinteren Eck. Er hatte diesen Wagen mit der Flagge auf dem Dach in Erinnerung. Kramte lange herum und legte vorsichtig das Medizinfläschchen im Kartonmantel stehend auf den linken Scheibenwischer.
Sein Zimmer im ersten Stock bezogen, sich eingerichtet und saß auf seiner Veranda, keine vier Leute im Hotel und freute sich auf sein einsames Abendessen.
Vis a vis direkt die Lichter von Githion während der Nacht und davor einige kleine Felseninseln, dazwischen schoben sich weiße Fischerboote mit blau gestrichenen Aufbauten durch. Er mochte das Geräusch der Faryman Dieselmotoren, die über eine einfache lange Welle eine kleine Schiffsschraube antreiben.
Schaltete den Kühlschrank aus, nahm den Fernseher vom Stromnetz. Steckte Telefon und Computer zum Laden an, schlief weg bis zeitig in der Frühe. Ging um sieben baden, fror fürchterlich dabei und ein griechisches Ehepaar hatte seine Freude als er unter Verrenkungen sich langsam ins Wasser hinein bewegte. Beim Frühstück später wurde das ausgiebig diskutiert. Es gibt dort täglich frischen Marmorkuchen, zugedeckte Eier vom Bauern am Strand und Ille Kaffee, einfach irre. Er versorgte sich griechisch mit Honig, Brot vom Bäcker aus Papadianika und Bergtee. Auf die Kuchenstücke

strich er sich dick Marmelade, was zu neuen Bemerkungen führte, da er dies auch mit den Käsestückchen so machte.
Keine Sigrid, oder hieß sie Iris, da, der Austin weg, was ja jetzt ein BMW mit Toyota Motor ist oder so ähnlich. So richtig britisch halt, nachdem sich VW Bentley einverleibt hat. Aston Martin gibt es da noch und, Gott sei Dank, den Volksferrari Maserati.
Er ging die nachtfeuchte Zufahrtsstraße hinunter, wusste, dass in dem kleinen Strandwirtshaus Rauschgift gehandelt wurde und sich die Bauernsöhne die Zukunft verhauen. Redest die Griechen darauf an, schauen sie weg, sagen nichts. Jeder Mitbewerber ist dann plötzlich ein Freund, ein Verwandter, und doch brodelt so eine Neidgesellschaft knapp an der Oberfläche dahin.
Er wird ihnen eine unerwartete Razzia schenken mit Booten in der Bucht, die Fußpfade gesperrt zurück ins Dorf und weiter zur nächsten Bucht. Die Autos und Motorräder am Parkplatz beschlagnahmen lassen, zur Versteigerung anmelden. Alles schön im grellen Scheinwerferlicht, Samstag so um 22 Uhr herum, wenn Bier, Schnaps und Wein nicht mehr reichen. Den Wirt und seine Handlanger einsperren, die bekommen fünf Jahre fix, der Rest einige Monate U-Haft. Griechische Gefängnisse sind nicht einfach zu leben, da leidest wirklich. Verpflegung, Hygiene, Überbelegung, es passt einfach, samt allerliebstes Personal.
Er rief Stavros in Kalamata an, unbestechlich und brutal ehrlich. Er wird es am Samstag knallen lassen und wie. Keine örtliche Polizei, niemanden informieren, nichts ankündigen. Die lokalen Sicherheitskräfte zu einem anderen Zielort hinschicken und das laut und deutlich. Warum? Da diese korrupt, überheblich und menschenverachtend, gemischt mit Dummheit und absoluter

Faulheit. So die Analyse vom eigenen Chef beim Rapport. Darum!
Die ganze Aktion in einer Woche nochmals wiederholen, atypisch und danach gleich einige der Händler auf der Flucht erschießen. Später ist hier in der Gegend Stille für immer und der dünne „Wächter“ aus Kalamata, dieser ewig nörgelnde Polizeioffizier hat einen guten Tag. Ließ sich seine Gallant Zigaretten aus der Schweiz schicken und trinkt dazu eine Infusion menthe. Saugescheit dieser Mann, unbestechlich, und absolut ehrlich. Erinnerte ihn an den früheren Postenkommandanten in dem kleinen Dorf in der Nähe von Grieskirchen, wo man im Gasthaus eines Transportunternehmers vorzüglich aß. Gaspoldshofen, ein Peugeot 404 Fahrer, Gendarmerie Beamter nicht so ein softer Polizist, der sich vor dem eigenen Schatten fürchtete. Strohhut auf, knallweiße Leinenhose, Unterschenkel eingeölt, leichte Bergschuhe an und los. Wanderrucksack hinten drauf mit Wasser, drei dicken Kuchenstücken, Sonnenbrille, Schweizermesser, 1:25000er Landkarte, ein zweites Hemd, Badehose und großes Handtuch mit dabei. Eine kleine Dose mit Verbandszeug und Wundsalbe mit Vitamin A.
Das Hemd, hellblau mit langen Ärmeln ging es die Zufahrt hinab.
Der Wein verblüht und setzte an, letzte Orangen vertrocknen zwischen den Ackerfurchen. Weiter drüben ein JCB Radlader auf der Rast und rund herum einige Ziegen beim Knabbern. Die Sonne halbrechts und kein Verkehr auf dieser Nebenstraße. Er marschierte in Richtung Dorf hinein, vorbei an übel nach Aas riechenden, grünen Abfalltonnen, dahinter nicht bezogene Neubauten mit verhungerten Vorgärten und leicht herunterhängenden Balkonböden.

Dann auf der Hügelkuppe links, ein kleiner Bauernhof, frisch gekalkt und der Brotofen unter Glut. Blühende Oleander Stauden rund herum, eine Katze vor der Haustüre. Der Rahmen blau gestrichen wie die Fensterläden. In Töpfen wuchsen kleine Tomaten empor, daneben Zucchini und schlanke Gurken knapp über der rotbraunen Erde. Überall kleine Kalkspritzer. Hier roch es gut und frisch.
Dahinter ein schiefer Baustahlgitterzaun, Hühner rundherum und Vögel im Tiefflug dazwischen.
Heraus kam die Mutter von Dimitra.
Kala Lois, Poli Kala, komm von der Straße weg.
Er wollte weitergehen, konnte jedoch nicht, sie war einfach zu lieb.
Katse, setz dich auf die Hausbank davor, ich mache frischen Kaffee.
Efcharisto poli, und er packte seine Kuchenstücke aus und legte sie auf einen angeschlagenen, farbenprächtigen, flachen Teller auf den wackeligen Tisch. Streckte die Füße aus und zog die würzige und doch weiche Luft in seine Lungenflügel ein. Er hörte Holz knistern und knacken, vermischt mit dem sanften Brodeln des Kaffeeaufgusses. Sie brachte groben Zucker in einer Glasschale und setzte sich neben ihn, wischte sich die Augen und beide schauten sie über die schmale Straße vorbei an der verfallenen Kapelle in Richtung des Hafenturmes. Davor ein sauberer Friedhof an diesen halbschrägen Hang hin bis zum Felsabbruch in Richtung Strand. Sie hatte dreißig Jahre und länger unten direkt an der Straßenkreuzung mit ihrem Mann so eine halbsaure, gebundene Fischsupppe an alle vorbeikommenden verkauft und dazu ihre unvergleichlichen Souflaki. Die Autos fuhren um ihren Stand herum und der Mann am Braten. Einige Stühle mit Schilf verspannt, darüber ein Sonnendach aus

dünnen Schalbrettern und schwindsüchtige Tische mit roten, schmalzigen Bakelit Platten drauf. Die Kinder weg, der Mann verstorben, das zusammengearbeitete, schöne Haus etwas weiter unten leer und sie nun hier allein. Den Hang hinunter landseitig bebaut mit allerlei zum Leben und eine lange Reihe Olivenbäume weit ins Land hinein bis zu den ersten klobigen, braungelben Felsen mit der sauberen hellgelben Schotterstraße dazwischen.
Wenger zog die Alufolie auseinander und stapelte die Kuchenstücke etwas herum. Sie brachte eine helle Marmelade, er tippte auf Quitte mit Orangenschalen und Fruchtfleisch, schön geliert, halbsüß mit einem sauren Nachgeschmack. Sie aßen still dahin, warteten, bis sich der Kaffeesud gesetzt hat. Er trank seinen Sketo und Sophia ihren mit viel Zucker. Sie war stolz auf ihre fine bone china Tassen «Made in Great Britain», hauchdünn und durchsichtig wie die Haut einer Aristokratin aus dem 19. Jahrhundert. Wenger drückte nun seinen Rücken an die Hauswand und schloss die Augen.
Keine Autos rumpelten vorbei, null Touristen da, einfach Ruhe. Etwas Wind kam auf und es raschelte zwischen den dünnen Bäumen und im halb hohen Gras. Hier wurde Heu eingebracht für den Winter, er roch etwas Ziege und dazu duftende Minze. Sie werkelte derweil in der Küche, wo das ganze Jahr über ein kleiner Blechofen unter Feuer stand. Rund herum ein Ziegelboden. Sie ist nie in das neue Haus eingezogen und so sollte es auch bleiben. Ihre kleine Hütte oben am Hügel war zu schön. Ihre Schwester wohnte auf der anderen Seite, wo die scharfe Rechtskurve nach Papadianika einmündet. Direkt in den Felsen gebaut kein Strom, jedoch Wasser aus einer Quelle unter der Felswand darüber. Der Ausblick horizontweit über

Talflächen, hin zum Meer, rein ins Land in Richtung Parnon Gebirge und fast runter bis Neapolis.
Man traf sich sonntags zum Kirchgang und manchmal beim Einkaufen. Sie hatte einen vollaromatischen Honig und Wenger versorgte sie mit frischen Batterien und einer französischen Stirnlampe zum Zeitunglesen und um abends sich nicht die Zehen an Steinen aufzuschlagen und die Ziegen in die Pferch zu bringen.
Die eine Schwester, dünn und hochbeinig, die andere eine kleine weiche, kuschelige Frau mit vollem, weißen Haar. Beide leben vor ihrem jeweiligen Ort, verfügen über großen Landbesitz, lesen viel und oft.
War er da, fuhr er sie zum Einkaufen und sowas machte ungemein Freude, lud sie ins Cafenion ein und kredenzte ihnen Süßigkeiten vom Bäcker. Alle aktuellen Zeitungen wurden dazu gekauft, tüchtig Rose Wein aus der Gegend und Kaffee. Sophia roch nach frischer Seife und Dimitra II, wie er sie nannte, umgab ein sanfter Veilchenduft. Gutes Sodawasser lieben sie beide. Ansonsten gingen sie ihrer Wege, eine war bei der Emporiki Banka und Dimitra II bei der Nationalbank.
Wenger bei der Postbank in Molaos und er kutschierte die Schwestern getrennt zu ihren Erledigungen und Gesprächen mit dem Popen nach Papadianika.
Für Dimitra brachte er ein kleines Notstromaggregat mit Briggs und Stratton Motor mit, betonierte einen kleinen Sockel und darüber kam ein Flugdach auf Holzgestell. Der Elektriker aus Assopos verkabelte einige Lampen und zwei Kochplatten für sie. Wenger rührte keine Stromsachen an. Um Sophia nicht zu beleidigen, schaffte er einen kleinen Kühlschrank an mit Eiswürfelfach, ein Bosch aus Deutschland musste es sein. Was ja eigentlich ein Mercedes war.

Bei Dimitra gab es im Winter Schafgeschnetzeltes mit Reis, den sie selbst zog und im Sommer ihr eigenes Joghurt mit Kirschen dazu.
Nach zwei Stunden Fußmarsch, entlang ausgewaschener und eingebrochener Lösswände in Richtung Skala kehrte er bei Tsapiris ein. Müde und abgeschlagen, vom Gegenwind und den lästigen Fliegen die der Landwind herantrug. Er ging in den Gastraum hinein, etwas im Halbdunkel und dort saß Georg Spätkirch mit dem Rücken zum Ausgang hin in ein Gespräch vertieft mit Agnes.
Halbglatze, etwas zugenommen in seinem ultraleichten Rollstuhl. Buschige Augenbrauen, vor ihm ein kleines Bier mit Schaumkrone und sie beim Café frappee.
Freundliche Begrüßung, man hatte sich Jahre nicht mehr gesehen.
Bleibst auf ein „Sitzerl"?
Ja, ich freue mich.
Der Wirt brachte ungefragt einen trockenen Weißen in einer Viertelliter Karaffe und ein Wasserglas dazu.
Viertelliter ist wichtig, da bleibt der Wein frisch und kalt, nicht so wenn halbe Liter serviert werden.
Wenger nahm einen langen Schluck und schaute beide an.
Redet weiter, ich höre gerne zu.
Ich muss noch aufs Topferl gehen.
Gibt es die Kronenzeitung noch immer?
Ja, nur ich lese da lieber die NZZ.
Und ich die Presse, der Spiegel ist ja nur mehr links und weit weg von objektiv.
Ihm ging die Geschichte vom Unfall kurz vor Tripolis nicht aus dem Kopf, Herzinfarkt gleich nach dem Überholen, die schöne Frau im Mercedes Cabriolet.
Erzählte alles Georg.

Besorgst mir die Unterlagen, alle Protokolle und deine Einschätzung dazu.
Mache ich und du hast ja vor einigen Tagen mit einer Dame zu Abend gegessen, das ist ihre Nichte.
Wenger, baff, schluckte, sagte nichts.
Wie war das damals: Wenger fuhr von Sparta in Richtung Tripolis da er nach Megalopoli musste seine nicht wenigen Sünden abbüßen. Ein silbernes, kleines SLK Cabrio kam näher. Im Spiegel sah er zu viel blonde Haare zusammengeschlungen von einem Tuch, Audrey Hepburn Sonnenbrille, schmales, etwas hageres Gesicht und einen vollen Mund. Beim Überholen winkten sie sich zu und lachten, er ließ sich zurückfallen. Die nicht mehr ganz junge Dame rauschte davon. Nach dem zweiten Kriegerdenkmal, dort wo es in die Ebene hinuntergeht, der Benz halbschief am Straßenrand, der rechte Blinker an. Von da an nannte er sie Mädchen, Herzinfarkt sagte man ihm einige Stunden später. Mein Gott, war die Frau schön, noch im Tod. Als er sie behutsam umdrehte, war ihre Seele schon weit weg, er spürt sowas.
Die weißgefleckten Platanen rauschten im Wind, stetig und doch sanft trugen sie Liebe und Leben davon.
Schaltete die Zündung aus, sah mit blinden Augen die Straße hinunter, dort wo der Palettenmacher ist und daneben die namenlose Tankstelle mit Obstverkauf der Witwe Lefteros. Zuerst Polizei, Krankenwagen mit Arzt, dann ein silbergrauer Leichenwagen. Alle bekreuzigten sich stumm.
Er wurde lange befragt, dann plötzlich Ende als er anbot sich um alles zu kümmern, Überführung nach Hamburg, die Behördenwege und natürlich zahlen.
Schnell war er 400 Euro los, es sollten dann weitere 4000 werden. Den SLK ließ er mit einem Autotransporter zurückbringen, kam gut an. Später, viel

später, bekam er ein Dankschreiben postlagernd Asopos. Darin ein weiterer Brief des Familienanwaltes mit der Bitte seine Kosten, Spesen, Zeitaufwand usw. zur ehebaldigen Zahlung anzugeben, mit der Adresse des Partneranwaltes aus Thessaloniki. Familie Hahn aus Hamburg.
Wenger schrieb zurück, er könne aus persönlichem Empfinden keine Zahlung annehmen. Die Begegnung mit Frau Hahn war nur für einige Sekunden beim Überholvorgang und diese Erinnerung will er sich behalten. Einige Monate später war er Gast in einer ihrer Familienvillen in Sankt Gilgen. Geduldige Zuhörer erwarteten ihn als er das Gegebene erzählte bei Rostbraten und Rotwein. Er musste sich zusammenreißen, um keine Gefühle zu zeigen oder wenige. Wunderschönes Ambiente, die Räume für ihn etwas zu dunkel, mit Blick auf den See und fremdartigen, hellblauen Blumen im Vorgarten.
Auch hier silberfarbige Mercedes auf dem Parkplatz. Dort und damals hatte er das Gefühl da saß noch jemand in diesem altdeutschen Esszimmer und er konnte nur nicht sagen in welcher dunklen Ecke oder Türnische.
Man beäugte ihn genau, doch er fühlte sich wohl dabei. Einheimisches Personal trug das Essen auf, fuhr seinen Wagen weg. Das Haus stark gebaut und nur seeseitig sah man, dass es viel größer war wie von der Zufahrtsstraße aus gesehen. Die Gartenanlage frisch frisiert und gescheitelt. Halb in den Vorgarten hineingefahren, ein Peugeot 208 Cabrio mit semmelblonden Ledersitzen. Ein alter, durchsichtiger, etwas zittriger Herr war das Familienoberhaupt. Feste Stimme, die so gar nicht zum Körperbau zu passen schien. Man entließ ihn mit der Zusicherung, egal wann und wo immer, wenn er Hilfe brauchen sollte, bitte

melden. Er bekam eine aus handgeschöpftem Papier gemachte Visitenkarte mit dem Namen Franz Hahn, keine Adresse nur eine Telefonnummer drauf.
Wenger schüttelte viele Hände spürte einen Blick von hinten und ging stumm und etwas verschüchtert.
Mein Gott, war diese Frau schön, interessant gewesen, er hatte vergessen nach ihrem Vornamen zu fragen und das war gut so.
Still und klein fuhr er nach Hause, nur wo war das denn? Iris, Sigrid, Schwester oder die Tante?
Ein Nerv brannte sich böse die linke Halsseite entlang.
Augen zu, er begann sich zu erinnern, Klein, drahtig, toller Po und einen Gaunermund, aschblond. Sie war des Vaters Kind. Fuhr zur Shell tanken, 100 plus, waschen das ganze Programm und war weit, weit weg.
Flughafen Frankfurt, der lange Passagiergang unter der Rollbahn mit Musik und wechselnden Farben. Er ging müde dahin, sein Handkoffer war ihm lästig, vor ihm ein Ansager von volkstümlichen Sendungen, den er nicht mochte. Auf diesem Personentransport-förderband kamen ihm entgegen sein ehemaliger Technischer Leiter, blass im Gesicht, vertieft in ein Gespräch mit einem anderen. Sie starrten ihn an, er zurück.
Nach der Landung in East Midlands fuhr er nach Birmingham in die Stadt hinein. Seltenes Haus, hinein gebaute Balkone mit Holzverkleidung und im dritten Stock stand eine Frau, lächelte. Sie trug ein blaues, langes Dirndlkleid ohne Schürze mit weißen Sternen-spritzern darauf. Als er nochmals hinauf blickte war sie nicht mehr zu sehen. Haarfarbe, Gesicht, er hatte keine Erinnerung mehr.
Orangengeruch brachte ihn ins Jetzt zurück. Ließ den Wagen ablaufen. Alle Türen auf, die Motorhaube auch

und trocknete alle Falze und Stege nach. Das wiederrum führe zu belustigenden Kommentaren vom Tankwart und seinen Kumpanen, die dort allezeit rumstanden. Zur BP vis a vis fuhr er nicht mehr, beim Herausgeben beschissen. Luft vorne 2,2, hinten 2,4 aufgefüllt, Reservereifen 2,6. Füllte Mineralwasser und etwas Trockenes zum Knappern nach. Dazu ein Liter Turbo, super Öl von der Firma Fuchs aus Deutschland mit Garantieverschluss und jeweils eine Flasche Scheibenklar und Kühlflüssigkeit. Der passende Karton dazu geschenkt. Alles zusammen 114,70, Shell akzeptiert dort keine Shellkarten, nur Bares.
Nach Theben auf dem Weg rüber nach Elefsina dort schon, egal ob es daneben brennt oder die Winterstürme fetzen, die Leitung ist fix. So nicht in Molai, da ist die Leitung defekt, blockiert, gestohlen oder ausgeschaltet.
Er fuhr die Traumallee entlang Richtung Sikea, dann rechts ab Richtung Papadianika. Ein Rasseln, der rote Mini zog an ihm vorbei auf der Geraden wo die Zigeuner die Straßenmarkierung mittig in Schlangenlinien aufgemalt. Kirche, Kreisverkehr, John, das Gasflaschenlager und das beste Lammfleisch mit Gemüse vom Garten der Jaja, selbstgemachte Pommes, hell bis dunkelbraun. Wenger parkte halb auf Gehsteig, halb auf Gastgarten knapp hinter dem roten Flitzer aus Cambridge.
Sie saß im Eck neben dem Schüttelkasten, was eine Cola Kühlmaschine aus den 60ern ist. Er setzte sich daneben hin und blickte lange, fast zu nah in ihre blaugrauen Augen.
Setzen wir uns rüber, dort zieht es nicht, viel stiller und ich sehe sie besser.
Iris, jetzt war er sich sicher, ging wortlos mit.

Sankt Gilgen, die Ecke und der Durchgang, sie sind der Familienschatten, stimmt es?
Ja, kam es etwas amüsiert rüber.
Wenger bestellte Lamm, jedem 40dag, dazu was es heute Abend gab und hellbraune, handgeschnittene Kartoffelspalten mit Kräutern drauf, gebackenen und gerösteten Käse, halbe Flasche Grassi kalt, sehr kalt und dazu das hauseigene Wasser.
Warum haben sie sich ihre Auslagen nicht zahlen lassen?
Hätte meiner Seele nicht gut getan, bitte nicht denken dass ich am Unfall ihrer Tante irgendwie beteiligt war. Ich weiß jetzt, es nicht so war, drüben am Ostpeloponnes war ich mir noch nicht im Klaren.
Wie haben sie mich gefunden?
Über die Exportabteilung der Wirtschaftskammer.
Sie aßen und tratschten bis tief in die Nacht, einmal berührten sich ihre Fingerspitzen beim Rüberreichen der Nachspeise. Zitronengelee in körnigem Joghurt.
Ich sollte nicht mehr fahren, denke wir beide nicht. John wird unsere Autos in seinen Hof stellen und wir gehen auf einen Kurzen rüber ins Männercafé, bestellen uns ein Taxi und ich kann etwas angeben. Ja?
Gut, vorher noch in die Kirche, Kerzen anzünden und was spenden. Muss sein.
Drinnen wärmer als von draußen rein, Stille und flackerndes, ewiges Licht.
Eine für Ihre Tante, eine für Sie und eine für Kristos.
Er mochte diesen alten Bau, mit dem hellen Vorplatz und den schimmernden goldenen Kronleuchtern mit ihren zackigen Spitzen in eingefassten roten Glassteinen. Sie sagte nichts und schauerte.
Im Café bekam er seine Post, an der Ausschanktheke tranken sie einen Cognac vom Bauern und nicht viel

später fuhren sie mit offenen Fenstern in einem neuen Skoda Taxi rüber nach Elia. Kurzer Kuss auf die Wange. Wenger schlief traumlos auf 312 zulange in den frühen Morgen hinein.

NICHT JEDE WAHRHEIT IST EINE LÜGE

Lois Wenger erinnerte sich.
Es war einer dieser Tage wo vieles gelang und der Zufall eingeschlafen war. Nur Zufälle, gab es die, für Wenger nicht. Es war bestimmt und aus.
Er stellte seinen schweren Diesel ab. Wassertropfen krochen langsam über den Arretierungshebel für den Motorhaubenöffner und tropften munter auf die Fußmatte darunter. Bei diesem Dauerregen und hoher Geschwindigkeit drückte es Wasser rein. Er ging rasch und fest vom Waldrand direkt in einer Linie auf den Vorbau zu. Eine in Edelstahl gefasste Gegensprechanlage starrte ihn misstrauisch an.
Noch bevor er auf einen der vielen Knöpfe drücken konnte, begann sich leise surrend das Eingangstor in eine Bodenöffnung zu senken. Neu für ihn, sonst fuhren diese Anlagen den Zaun entlang.
Ein mit großporigen Porphyrplatten eingelegter Fußweg führte über eine leicht ansteigende Rasenfläche auf das Haupthaus zu. Er fühlte sich beobachtet. Dieser überdimensionale Riesenkasten gefiel ihm jedoch gut. Dahinter begann eine Einkaufsstraße, belebt und frisch voll von schwatzenden Leuten, geschützt durch eine hohe Außenmauer die innen mit Kacheln aus Portugal verkleidet war.
Er ließ seinen Wagenschlüssel in der Sakkotasche herumkreisen und sah einige Paletten seitlich

aufgestapelt. Das waren doppelt gebrannte, rechteckige Mauerziegel, frostsicher. Er schob sich einen Korbsessel unter, bestellte beim ergrauten Kellner einen Verlängerten mit Leitungswasser dazu. Menschen schoben sich an ihm vorbei, alle zum großen Fest hin, Kapitalist lädt die Plebs ein oder so ähnlich. Sie kam schnell gehend daher, faszinierend anzuschauen, in kurzen Shorts, die Sonne im Rücken, das aschblonde Haar wild und halblang. Dazu ein Rippenpulli flaumig in weiß, bis knapp zum Nabel hin. Nahm in einem Korbsessel gegenüber Platz, streckte beide Füße von sich und ließ die Sandalen baumeln. Blitzschnell der Ober da, sie bestellte einen kleinen Gin und Tonic ohne Eis. Er bekam einen fragenden Blick zugestellt aus goldbraun gesprenkelten Augen mit hellblauen Tupfern drinnen. Er zündete sich eine Silk Cut an sagte nichts und konnte sie nur anschauen. Liebst du mich, dann etwas Pause, und es kam ein «noch».

Immer mehr mein Mädchen. Ihr Wuschelkopf, mein Gott, wie schön konnten Menschen sein. Wir lächelten nun beide, so viel Glück, zu viel von dem. Die Befunde waren nicht gut, wie im Krieg eine Frontlinie nach der anderen brach ein.

Es war 13 Uhr 48. Das Fest begann um zwei. Wenger wollte zahlen, nur es kam niemand zum Tisch.

In den Filmen wird einfach ein Geldschein hingelegt, nie eine Autotüre zugesperrt, keiner geht auf die Toilette und arbeiten tut sowieso niemand. Sie tippten sich an und gingen Hand in Hand los.

Deine Lippen schmecken nach makedonischem Tabak und du nach Wacholderbeeren und mehr.

Sie sagte zu ihm – weißt Lois, unsere Beziehung ist gut, für uns gemacht und Gott weiß das.

Sie fluteten durch die Menschen, ließen sich treiben hin bis zum Ende der Gasse.
Bitte komm pünktlich.
Sie redeten nicht viel, kommunizierten über die Augen und Lippen. Die Arme spannten sich, die Fingerkuppen gleiten über die Innenhandflächen, kurz die Fingernägel eingehakt, das war ihr Kontakt. Er mochte diese überwachten Edelmeilen nicht. Group 4 Leute, Exekutivbeamte in Zivil. Viel Elektronik zum Absaugen der Mobiltelefone oder einfach Ausschalten der Übertragungsanlagen. Ihn orten war nicht so einfach, sein Telefon deaktiviert und entsorgt. Sonnenblende runter, Kennzeichenschieber auf drei, Pullover an, keine Ringe oder Uhr am Handgelenk und so durch die virtuellen Sperren. Er fuhr sich frei bis zum Attersee wo ihn eine wehmütige Stimmung einfing.
Samstag Abend über Palmsdorf runter nach Nußdorf und dann die ganze Runde mit Pausen und Herumschlendern. Keine Touristen da, vieles im Herbstschlaf. Ein weißer Astra hing seit einiger Zeit hinten dran und vorne ein dunkler BMW. Also rein in die Agip Tankstelle. Diesel voll und eine Bitterschokolade genommen, eine Flasche Wasser von außerhalb der Kühlung, bar bezahlt und weg. Nach Attersee, hinauf zur Kirche.
Keine Begleiter mehr da oder doch?
Er ging hinunter zum See, vorbei an der Pension Huber und dem Kater mit dem Stummelschwanz. Hier war es schön zu schön und still. Den See anschauen, eine Kerze anzünden, weiterfahren. Er wird beim Ragginger Abendessen und etwas weiter oben übernachten.
Morgen wird er da sein, eine Minute vor zwei.

SAN VITO LO CAPO
SANFTE ECKEN STILLE KANTEN

Direttore Buffo ...
Buffo heißt der Witzige, erklärte ihm Jesus.
Der Anruf von Sigüenza kam rein.
Das Knistern, Klopfen, Zischen und mehr was du in Maria Miseria gehört hast oben bei der Rast, du erinnerst dich?
Ja, danke Jesus!
Also ich habe nix mitbekommen, jedoch der junge Engländer, welcher jedes Jahr bei uns zwei Monate durch die Gegend streift, schon. Er meint es sind entweder die verdammten Seelen der Republikaner oder das verlassene Dorf steht auf einem steinernen Dom und innen drinnen tut sich einiges, wie Wassertropfen, die runterfallen. Kann aber auch sein ein Rinnsal, welches abfließt. Ein thermischer Vorgang, verlassene Geheimstollen, Bergwerk von früher. Er wird eine Bohrung ausbringen im Auftrag der Preserve Gold Ptv. South Africa.
Wenger bedankte sich, legte den Telefonhörer langsam und mit Bedacht auf die Gabel zurück. Er mochte die alten Ziffernscheiben Apparate. Es war sieben Uhr früh, die Straße des heiligen Christophorus Colombo in Casteluzzo lag vergessen unter seinem Fenster. Oder war der gar nicht heilig?
Stille, ein sanfter Wind wedelte durch Zypressen und Kiefern. Daher Zähne putzen, duschen und Zimmer aufräumen, alles ordnen. Damit war er bald fertig, nun 07:45 Ortszeit, die Bauern fest am Arbeiten. Also eine Runde gehen, über die Straße hinein in das Gebiet mit den verstreuten Gehöften, weg von Privathäusern und kleinen Geschäften an der Straße.

Er ging an Zäunen vorbei, fand ein angeleintes Pferd, welches sich, als er näherkam, in einen Esel verwandelte, der ihn genau musterte. Hellgrau, struppig und etwas gelangweilt. Der stand da und rührte sich nicht bis auf ein Zittern an den Ohrenspitzen.
Das schmale Asphaltband ging in eine sandige Straße über und endete in geschliffenen, dunkelgrün schimmernden Felsplatten. Links oben, in Richtung Nordwesten ein dunkles Anwesen, wo oft eine Wache davorstand, heute nicht.
Er suchte seinen Stein, wissend, dass er jedes Mal auf einem anderen saß und blickte aufs Meer hinaus, das träge da lag. Kein Wellengekräusel und kaum Dünung.
Ein uralter Fiat Tipo kam daher gerumpelt, ein schrumpeliger Mann mit Strohhut stieg aus.
Salve, sagten beide fast zeitgleich zueinander.
Er lud allerlei Fischerzeugs aus und verkrümelte sich, die Felsüberhänge entlang mit seinen Utensilien.
Wenger blieb sitzen, genoss die Stille und sah Tauben bei ihrem morgendlichen Flugtraining zu. Verbandsflug, gerissene Rolle, Einzelangriff, bis ein Falke durchzog und sie sich in alle Richtungen verteilten, über einem Bauernhof sammelten, um im Innenhof Schutz zu finden.
Stille, nur das leise Gewummere des Wassers, was von etwas Strömung unter die zerfressenen, böse blickenden Lavasteine gedrückt wurde. Genau das Richtige zum Ausrutschen, Knochen brechen.
Die Sonne begann den Felszacken oben am Zigano anzuwärmen, hier noch Halbschatten und sonst nix.
Die Farbe des Tipo blassgrün, das Fahrerfenster halboffen, der Schlüssel im Zündschloss. Was ihm auffiel, neue Reifen. Toller Werbespruch auf der milchigen Heckscheibe - "Wir bringen die Innovationen,

die unsere Mitbewerber zu überhöhten Preisen schlecht nachmachen“. So ungefähr, denn mit seinen Übersetzungskünsten war das so eine Sache. Er ging weiter in Richtung eines flachen dunklen Felsbuckels, dort wo die Uferstraße endet und einen gezäunten Weg retour, vorbei an einem riesigen Eingangstor, von einem mieslaunigen Wächter beäugt. Hinter ihm, auf einer freien Fläche ein weißes Pferd mit aufgestellten Ohren. Der zweite hier in diesem kaum besuchten Strandabschnitt.
Mit solchem Personal gewinnst nix, außer einigen Minuten Zeit, bevor du dann selber die Sache oder was auch immer regeln musst.
Dahinter eine Stichstraße, auf beiden Seiten keine Bepflanzung und danach ein herrschaftliches Anwesen ganz in grün. Aufgesetzte Türme und zwei schlanke Kamine stachen in den Himmel. Elegant, wunderschön abweisend.
Im Ort noch alles zu, die TAMOIL Tankstelle offen, der Pächter beim täglichen Putzen und Schruppen der Verkehrsflächen, das Wasser wurde gierig aufgesaugt von den Zierbepflanzungsstreifen. Das Zeugs da musste was aushalten was es da alles abbekam in dieser Mischung aus Wasser, Öl, Benzin, Chlor und sonstigem Chemiedreck.
Das grün-weiße Kreuz über der Apotheke blinkte müde dahin, erste Schotter und mit Split beladene 4-Achser LKW auf dem Weg zum Verladekai für die Sandschiffe nach Nordafrika, die gierig auf Nachschub warten. Wird täglich alles zusammengeschossen.
Wenger freute sich aufs Frühstücken, niemand da, keine aufdringlichen, geschwätzigen Touristen und sonstige heile Welt Darsteller.
Francesca servierte schweigend, drei Stück Ciabatta getoastet, eine Portion Kirschmarmelade und etwas

Honig. Eine Infusion Menthe und dazu einen frischen Cappuccino mit Zimtstaub bestreut, daneben ein kleines stilles Mineral, non freddo. Er ließ sich unendlich viel Zeit, servierte selbst ab und stellte alles auf den Tresen der Tagesbar, was gleichzeitig Treffpunkt und Speiserestaurant für die Straßenkundschaft, Polizei, Handelsreisende, Lokalpolitiker und die Bauern war. Beliebt bei Rentnern und leicht Kränkelnden. Der rustikale, hohe Speisesaal etwas weiter hinten ins Land hinein.
Wenger fuhr ohne Papiere nach San Vito, stellte seinen 1979er 3 Liter, 5 Zylinder Benz beim Friedhof oben ab und wanderte hinaus in Richtung Marine und Wetterstation.
Hast keine mit, können sie dir nichts wegnehmen!
Guten Morgen Sergente. Meine Papiere – ach die habe ich bei Herrn Buffo hinterlegt.
Scusi, und schon ist die Sache erledigt.
Und fragt die Polizei nach, was wirklich äußerst selten vorkam, dann hieß es, „Si“, Führerschein, Pass, Kreditkarten sind im Safe und der Herr Dottore, was er ja auch ist, sogar ein echter, ist momentan nicht im Haus. Nur er hat den Schlüssel, obwohl er in der Küche die Soßen abschmeckt. So läuft das richtig und ordnungsgemäß. Für die Executive gibt es einen kurzen Schwarzen mit einigen Happen dazu und alle sind zufrieden mit der Welt.
Die Rechnung dafür schön ausgedruckt mit Datum und Steuer zahlt dann der Gast, beim Abendessen, natürlich mit der richtigen Uhrzeit drauf. Was gleichzeitig die Mietgebühr für den Safe ist.
So hat der Staat seinen Steueranteil, der Kellner sein Trinkgeld und alle sind zufrieden.
Einen zweiten Pass trug er immer mit etwas Reservegeld in seiner Hemdbrusttasche. Mein Gott,

war es hier schön, rechts Klippen und das Meer, das sich träge in den kleinen Hafen hinein rollte, linker Hand saubere Einfamilien- und Ferienhäuser mit Grünstreifen dazwischen, dahinter Agrarland bis hinauf zur Hügelkante. Kein Müll, alles sauber. Nicht mal gebrauchte Ölfilter lagen rum.
Er spürte leicht die Sonne am Rücken, kaum Wind.
An dem kleinen Gasthaus mit dem Vorgarten, wo das filigrane Dach von dünnen runden Holzstämmen gestützt wird, konnte und wollte er nicht vorbeigehen. Hier gab es Fladenbrot mit Zitronensaft drauf und etwas Honig bestrichen, später am Tag fangfrischer Tonno in einer hellbraunen Soße, dazu Weizenbrot und einen sanften Weißen. Also hingesetzt für das zweite Frühstück, die örtliche Tageszeitung daneben um mit dem gelben Langenscheidt Wörterbuch sich den Inhalt zusammen klauben. Die Sessel wackelig mit einem luftigen, ausgebleichten Geflecht. Auf der Tischplatte ein uraltes Tuch, frisch gewaschen und auf Rand gebügelt. Die Wirtin servierte hier alles von hinten links, dann setzte sie sich schräg daneben zündete sich eine Filterlose an und blickte aufs Meer hinaus. Dunkelschwarz mit schneeweißen Zähnen und einem leicht verächtlichen Winkelzug um zarte Lippen. Sie trug einen gebauschten, kurzen, vielfarbenen Rock und hatte Haare auf den Unterschenkeln, die kleinen Füße in hellbraunen Ledersandalen. Grellrote Zehennägel blickten dazwischen lustig hervor. Etwas später brachte sie auch für sich ein Glas Wasser und daneben eine Art von Kräuterlikör, nicht direkt süß, etwas bitter mit einem leichten Mandelduft. Dazu einige Schnitten eines hellen süßen Brotes. Erinnerte ihn an Milchbrot in Südost Ungarn, das in der Kantine zu einem dunklen,

Kaffee ab vier Uhr früh nach Schichtwechsel serviert wird. Damals glaubten die Russen noch das Sagen zu haben, pumpten über den Warschauer Pakt jährlich umgerechnet über vier Milliarden Dollar ins Land, zahlten die Auslandsschulden.
Wenger war sich sicher, später würden das mal andere Idioten übernehmen zu Lasten ihrer Steuerzahler.
Ihr Nutella hier hausgemacht ohne Soja Lecithin, Palmöl und andere Krankmacher, das ihm Ausschläge und üble Laune verursachte. Also dann, der Haselnussaufstrich dünn auf das helle Milchbrot, darüber Orangenmarmelade. Dazwischen geschlürft ein leichter Milchkaffee, zum Abschluss einen Schluck dieses weichen, milden Wassers.
Geredet wurde nie was, außer ein wenig Blickkontakt. Abends war es hier bummvoll, am Morgen still und feierlich.
Runde Ecken, stille Kanten, das ist es was einen hier dahinleben lässt.
Dahinter nach einer flachen Veranda das Gebäude mit Gastraum, Küche und Lager. Die Toiletten außen wie angeklebt. Dünne Alu oder Weißblechschornsteine zeigten linkslastig in den Himmel. Darauf rotierende, blinkende Entlüfter. Davor heller Sand, welcher täglich frisiert, beschützt von kleinen Stecken. Auf vergilbten Holzpfosten weit genug entfernt, eingehängte blecherne Abfalleimer. Ohne Bestellung kam in einem hohen Wasserglas an dem Tropfen ablaufen Weißwein. Für ihn ein trocken ausgebauter Riesling.
Er bedankte sich artig mit einem leichten Neigen des Kopfes dazu und sie murmelte etwas.
Er brach sich diese 600mg Aspirin Tablette von einem lokalen Hersteller in zwei Teile, ging gut mit den Nägeln der beiden Daumen und Zeigefinger. Sie schnappte sich aus seiner Handfläche das eine Bruchstück, schwupp,

in den Mund geworfen und mit einem Schwung Wasser hinunter damit. Nun lachten beide.
Er hatte in der Früh ziemlich Schmerzen in der linken Unterhand und im Handballen, weiß Gott von wem und für was. Irgendwer hält ihn hier zu fest durch die Nacht. So was machte ihn wütend und kratzbürstig, heute war es ihm wurscht gewesen.
Verliebt tanzten kleine bunte Vögel um die Steher des Sonnendaches herum. Der Wein vorzüglich, bissig kalt und staubig, da kannte er sich aus, manchmal zu gut.
Wir sind das christliche Abendland, daher in dieser Reihenfolge: Frauen, Alkohol und Nikotin. Mit Achtung genießen, lang Leben und schnell sterben. Dazwischen rumsitzen und gut essen.
Die Zeitung gab tolle Sachen her, einem Lokalpolitiker wurde in den Kopf geschossen ins linke Auge, worauf er alsbald verschied. Ein silbergrauer Aston Martin war auf einer Schotterstraße ins Aus geflogen und mit ihm seine zwei Insassen. So wie der Bericht geschrieben war, wusste man nicht wo das Mitleid lag, beim Aston Martin oder den dahin geschiedenen Liebespaar.
Hier sterben oft sich Liebende gemeinsam aber doch einsam.
Wenger machte sowas einfach traurig und nachdenklich.
In den Bergen musste man die Straßensanierung einstellen, da durch die Hitze der Asphalt nicht mehr verdichtete. Die Feuerwehr vom Nachbarort hat von öffentlichen Hydranten Wasser entwendet, um bei einigen begüterten Mitbürgern die Schwimmbecken aufzufüllen, da sie jedoch derart dreist vorgegangen, ist der Druck des öffentlichen Wassernetzes zusammengebrochen. Sie wurden umgehend verhaftet, Wasserdiebstahl ist im Süden ein schlimmes

Verbrechen. Wer nun die Auftraggeber oder die Feuerwehrmänner oder beide zusammen?
Auch das konnte man nicht herauslesen oder es fehlte ihm einfach an Sprachkenntnis. Im Werbeteil wurden Indesit Waschmaschinen angeboten um sagenhafte 299,99 und dazu gab es fünf Kilogramm von einem Zauberwaschpulver welches weißer wäscht als die sizilianische Sonne bleichen kann. Hurra!
Bari spielte gegen Brindisi in der B Liga und gewann mit vier zu ein. Der Fiat Grande Punto in einem hellen Blau, mit fünf Türen und Klimaanlage zum netto Abholpreis um 8990,--, was zum Überlegen ist.
Hier spricht man Dialekt, rasend schnell wie bei einem Überfall mit der MP. Was ihm recht war, so konnte er die Leute ansehen, den Kopf etwas wiegen und nicken. Beamte der Kriminalpolizei, hier besonders gut angezogen, schicke Hose, tolles Sakko und keinen Dreitagesbart und schon gar nicht diese Gelee Haare, wie gezeigt in diesen unzähligen, dummen TV-Serien. Nur die Helden sterben einsam und niemand geht aufs Klo.
Ein hellgrüner 2 CV mit offenem Dach, rund in Chrom gefassten Schweinwerfern kam daher gestaubt aus Richtung Leuchtturm – Marinebasis.
Drinnen saß was rotes Schlankes mit Riesensonnenbrille. Mein Gott, was sind die Frauen schön.
Er faltete die Zeitung genau zusammen und beschwerte sie mit einem angeschlagenen Aschenbecher mit Cinzano Aufdruck. Ein schwacher Wind zupfte an der Tisch Serviette. Wenger schlief ein. Träumte von Zementöfen in der Nähe von Berlin und fand nie den Weg aus einem Regierungsbunker, dort alles in Grün und diesem russischen Militärblau. Er spürte einen leichten Säuregeruch in der Nase. Beim anschließenden

Boote Staken im Spreewald fiel er, wie schon oft, kurz vor dem Anlegen ins dunkle, stille Wasser.
Man lebt, solange man Schmerzen hat. Ein dummer Spruch, den niemand hinterfragt, will wissen, wie man damit lebt. Wir glauben noch so viel Zeit miteinander zu haben, was nicht hinkommt.
Er spürte wie er nun tief und fest schlief und die Füße wärmten sich. So um Eins herum wurde er munter, Simone diese Hexenfrau, wie er sie gerne nannte, brachte ihm frisches, kühles Wasser, das er langsam austrank. Diesmal nicht vom Sessel gesunken.
Er war allein auf der Veranda in Richtung der Straße hin. Er beschloss für sich weniger zu reden, mehr zuhören, denn ihm kam vor die Menschen sprachen sich mehr und mehr in ein nicht zu erklärendes Chaos hinein. Angst und Gier regieren, machen dumm und gemein dazu. Einige Gäste hörte er reden, die saßen weiter hinten im flachen Gebäude.
Er fühlte sich frisch und müde zu gleich, legte sein Bezahlgeld unter den Aschenbecher und ging etwas steif in Richtung Hafen im Halbschatten an einer hohen, mit klobigen Steinen verbauten Böschungsmauer entlang. Im Mai gab es darüber volle, pralle Brombeeren, die bis auf Schulterhöhe herunter wuchsen. Dass er sein Sakko lose um die Schultern trug, hatte er nicht mitbekommen.
Blick zum Stadtstrand hin, davor die weite Pier mit Militärbooten. Ja Boote, gerade noch nicht Schiffe. Weit draußen ein Hubschrauberlandeplatz, der leer in der Sonne blinkte. Er ging die breite Treppe hinunter. Die neu verlegten weißen Bodensteine taten im grellen Licht den Augen weh. Unter einem Vordach beim Hafenmeisterhäuschen blieb er stehen und sah sich um. Niemand da, niemand dort, außer einige müßig herumblickende Marinesoldaten, gegenüber die

langen, dünnen Schotter und Splittfrachter, eingehüllt in eine schräge Staubwolke, obwohl keine LKW entluden, die Förderbänder still.
Von irgendwoher dudelte Radiomusik, dazwischen Werbesprüche, denn auch hier Stille. Jemand musste wohl den Stecker herausgezogen und das Radio ins Meer geschmissen haben. Gut so und wie.
Die Fische tief unten, es war trockenheiß. Er wird in die Berge rauffahren Richtung Ficarello, dort wo die Nebelhexen ihre Flüge machen und er weit ins Meer hinaussehen konnte. Der halbrunde zackige, dunkle Riesenfelsen bewacht Menschen und Landschaft.
Auf dem flachen Plateau in der nebelfeuchten Luft, zwischen diesen dunkelgrünen, dünnen Bäumen marschierte er gerne.
Stunden später, nachdem der Papierkram erledigt, schob sich der Benz aus den engen Kurven mit viel Drehmoment im zweiten Gang hinauf. Da ist zirka 400 Meter über Meer und noch ein Stückchen weiter oben ein kleines Wirtshaus, gebaut aus weißen Steinquadern, dazwischen grobkörniger Mörtel, mit einem fleckigen Dach. Dunkelgraue Schindeln drauf und tief gesetzte Fenstern mit rotgepunkteten, kleinen Vorhängen. Dort setzte er sich, nachdem er sich hungrig gegangen, in die Wind geschützte Ecke und legte sich den zweiten Sesselaufleger ans Kreuz.
Giovanni der Wirt und Eigentümer servierte klares Wasser in Glashumpen, es gab einen ruhigen Roten, nicht warm, was er sehr liebte und eine unsägliche Ruhe dort oben, nur einige milchige Nebelfetzen trieben herum auf der Flucht vor der Sonne, die nun höher einleuchtete vom Nordwesten her.
Zur Vorspeise gab es Röhrenspagetti, bestreut mit einem duftenden trockenen, hellbraunen Käse in

etwas Olivenöl, so richtig knackig, danach Ziege gedämpft in einer roten Soße mit eckig geschnittenen, kleinen Kartoffeln und einem grauen Brot zum Tunken. Nachspeise ein Sandkuchen mit Zitronenglasur auf einer flüssigen grellroten Marmelade.
Der Mercedes ruhte im Schatten mit geöffneten Fenstern zum Auslüften, das schrille Gelb passte gut zum Leuchten des Safrans im Kuchen.
Mein Gott, es ging ihm gut, fast zu gut, da kommt ein leichtes Schuldgefühl auf.
Weit draußen schob sich ein Passagierdampfer vorbei groß wie fünf Hotelschachtelgebäude. Unten am Ufer die verfallenden Thunfischfabriken und Hallen in ihrem Grau und den blassen Dächern. Umgeben von grobem Schotter, die Zufahrtswege ausgeschwemmt, vernarbt. Diese Schotterpistenfahrten waren toll und versicherten ein Gefühl der Freiheit und vieles von Allem in einer trägen, sich langsam herabsenkenden Staubwolke hinter sich lassend. Bald wird dort unten der Schatten regieren und die Nachtkühle übernimmt. Wenger fröstelte es.
Der Wirt setzte sich auf seine linke Seite, trank bedächtig seinen Kaffee, keinen Espresso. Einen gestaubt mit Muskatnuss aus einer hohen, schlanken Tasse. Die, aus echtem, dünnen Porzellan und schneeweiß.
Für ihn war er ein halber Grieche mit etwas aus Lybien, faszinierend das helle Blau seiner Augen und die helle Haut. Die Haare dunkelgelb wie Stroh.
Sie redeten nix, schauten aufs Meer und lächelten fast gleichzeitig ein wenig. Ganz hinten am graublauen Horizont dampfte eine kleine Kriegsflotte auf. Schnittige Schiffe mit schmalen Aufbauten auf schneller Fahrt in Richtung NNW. Kippten schnell weg außer

Sichtweite, er war zu faul sich sein Swarovski Glas aus dem Wagen zu holen.
Es kam ein nicht süßer Limoncello aufs Haus. Wenger zahlte, bedankte sich für das gute Essen, ging in Richtung seines Wagens, drehte um, zurück in den Gastraum. Trank noch ein Glas dieses lokalen, herben Weißweines, mit dem Wirt einen kleinen gelben, sanften Grappa und fuhr bedächtig ab.
Jetzt fühlte er sich besser, Zähne und Zunge sauber. Immer faszinierend was Hecktriebler für einen tollen Einschlag und kleinen Wendekreis haben. Er fuhr die breiten Serpentinen im Standgas, zweiten Gang hinunter und ließ den Wagen rollen. Oben die Luft herber, würziger und je weiter nach unten, sanfter mit einem leichten Geruch nach Orangenblüten und trockenem Tang.
Parkte neben einer halb verfallenen Steinmauer, die rechts in Richtung Meer hing und ging zum Strand, zu einem dieser alten Bauten, die er mochte und auch gerne innen herum schmökerte. Was da so alles rumstand, Becken, Förderbänder, sich drehende Ventilatoren, Schaufeln, Holzkisten mit nicht verschweißten, ovalen Weißblechdosen, er nahm sich eine. Die Türschlösser und Seitenbeschläge wurden geölt, auch die mit Staufferfett gefüllten Buchsen. Der Antriebswellen bei den Elektromotor Trieblingen, zeigten auf, dass hier jemand den Haustechniker gab. Magnetti Marelli überall und für immer.
Also irgendwas lief hier noch oder war es der Zeitvertreib eines ehemaligen Mitarbeiters, die ledernen Antriebsbänder, exakt vernäht, glänzten wie neu. Vorne ein weites, zweigeteiltes, halb offenes Tor von einem Holzkeil eingespreizt. Davor eine breite Treppe, die zu einem halb hängenden Steg hinführte, der sich an den Pilotenringen sanft in der Dünung

hinauf und hinunter schob. Darüber hausseitig eine Glühbirne in einer schönen milchigen Glasfassung, die Tag und Nacht Licht spendete. Schalter konnte Wenger keinen finden. Für was, Sehnsucht, Erinnerung ein Signal für jemanden?
Dort saß er gerne, bis es kälter wurde auf den Holzbalken, die weißlich und vernarbt jedoch ohne Schiefer. Die Füße im Wasser, bis die Zehen welk wurden. Die flachen Lederschlüpfer daneben. Einlagen herausgezogen zum Ausdampfen, Dauerrauschen im Gehörgang. Vom Rücken her das Gefühl, hier ist, war jemand. Warme Luft druckte es einen an den Körper vom Boden her.
Das ehemalige Verwaltungsbüro innen, landseitig angebracht, penibel zusammengeräumt. Ein Büro voll ausgestattet, nur Papier fehlte. Bleistifte gespitzt, geradlinig ausgerichtet, Marke Fila mit Giotto Supermina. Das stand auf den vier Farbstiften daneben. Tolle Qualität.
Keine Staubspuren am Boden, die Fensterscheiben intakt und leicht erblindet. Und doch so gegen Abend brannte hier ein grünliches Licht von den Tischlampen, Zeitschaltuhr konnte er keine finden, die Anschluss Stecker schon. Ein Mirakel, ein Geheimnis, ein Treffpunkt oder nur die Sehnsucht eines Menschen nach Geschäftigkeit, Wärme und Geborgenheit!
Mitten im Raum ein runder Eisenofen mit emaillierten Platten außen rum, das Ofenrohr ging durch die Decke hindurch gerade darüber. Daneben ein hoher, rechteckiger, oben schräg geschnittener Blechbehälter mit Henkel gefüllt mit Koks. Kam man in die Nähe, glaubte man noch immer die Abstrahlwärme zu spüren.
Kaum Verkehr dahinter, nur ab und zu hüpfte ein roter schmaler Traktor mit einem abgeschnittenen,

ehemaligen Armee-LKW Hinterteil als Anhänger vorbei. Er wusste nicht, woher die kamen und hinfuhren. Sie waren einfach da mit ihren Fahrern drauf, Strohhut auf dem Kopf, ausgegangene Zigarette im
Mundwinkel. Herum schwankend, auf runden, Stahlblech gehämmerten Fahrersitzen, die mit einer breiten Feder am Differentialgehäuse fixiert. Mächtige dunkelbraune Unterarme und Hände wie Krallen hielten sich und das Lenkrad in Richtung.
Das Meer lief auf Ebbe davon.
Zurück im Hotel an der Cristophoro Colombo Straße, duschen, sich umziehen und ins Nachtleben stürzen. Buffo mal nicht da, Custonazzi sanft entschlafen. Er wird den Bus nehmen ins Dorf hinunter. Für ihn war es hinunter. Denn die Zufahrtsstraße ging leicht bergab, obwohl sie vor der kleinen Stadt kurz steil anstieg, um dann zu versiegen.
Sein Zimmer angenehm kühl ohne Klima, es lag gut so ab elf Uhr außer der direkten Sonneneinstrahlung und ein matter Deckenventilator schraubte fad herum.
Also heute Abend alles frisch von den Socken bis zum Hemd.
Zuerst zu Eno auf was Gutes zum Trinken mit einer Kleinigkeit zum Essen, er tippte auf Käseplatte pikkolo mit Honigstreifen und danach zu Francesca auf ein leichtes, wenn möglich langes Abendessen. Nichts tun, essen, schlafen, wandern und warten auf einen Brief, ein Telegramm, dann rüberfahren ins verlassene Feriendorf, eine millionenschwere Fehlinvestition aus Steuergeldern der Nichtwissenden, bis einer kommt und sich einen Americano bestellt.
Die Anlage abgesperrt, verlassen einsam und trostlos. Die lustigen Farben am Abblättern.
Morgen zuerst tanken diesen fetten LKW-Diesel, den es hier gibt und auf Tour gehen. Frühstücken in Tonnara d

Bonagio, mit einem sanften Espresso nicht zu 100% aus Arabica Bohnen, dazu ein Brioche und sonst nix. Die Gegend abwandern, ins Postamt gehen so um elf herum weiter nach Pizzolungo, warten. Vorher die Carabinieri begrüßen, ihre Lauerstellung neben dem Friedhofseingang, im Schatten von riesigen Laubbäumen, die er nicht kannte. Dunkelblauer Alfa, weil im Schatten. Moderne Wegelagerer? Eher nicht. Schicke Uniformen und der linke Unterarm über der Maschinenpistole. Keine Angeber. Sie kannten ihn, er sie ein wenig, tranken gemeinsam einen Kaffee mit Schuss, ein Glas kalten Weißen, dazu frische Tramezzini. Plauderten über Autos, die Saison und was noch kommen wird und ob nun Beretta, FN oder Glock das Rennen um die Ausrüstung machen. Beretta produzierte weit oben im Norden von Italien und das war und ist für viele hier wie Ausland. Wenger tippte auf Beretta und behielt recht, was ihm einiges Lob einbrachte. Er lud ein, sowas fiel unter Respekt und nicht Korruption.
Die schmalen Asphaltschneider von Fulda waren auch oft ein Thema bei seinem Wagen. Man fuhr hier Pirelli 225er auf Alfa, richtig so.
Sein Navigator tot, hat ihn verlassen müssen, verschwunden mit den Bussarden ins Nichts geflogen. Mein Gott, ging sie im ab, morgens, abends und in der Nacht. Sich selbst umarmen macht einen noch mehr verlassen.
Die Fahrt nach Genua war eine schöne und zugleich bittere Erinnerung. Er mochte die für ihn immer etwas kühle und dunkle Stadt, ähnlich wie in Triest konnte man sich so richtig in den Hafen hinunterstürzen, von der Oberstadt. Nur Triest hat da mehr Charme und Wärme, allein schon das Stadtbad, die Börse und das Da Seppi. In Genua unten angekommen, war es lustig

beim Warten mit den anderen, bis das Fährschiff der Garibaldi Linie die weiten Tore öffnete für die Fahrt nach Palermo.
Die Sonne wärmte einen den Dauerregen weg und die Stimmung war auf Gut. Zweibett Außenkabine mit einer Personen Belegung, was die alles erfinden. Schwarze Tupfen, vor den Augen, in den Augen, der Kreislauf auf Kiellinie. Ein Treffen wurde vereinbart am Aeroporto Trapani Birgi. Genauer am geschlossenen Teil des ehemaligen Militärflughafens Livio Bassi, nicht bei den Nato-Schergen gegenüber.
Im vierten Stock der ehemaligen Flugleitstelle, gab es ein großes, familiär eingerichtetes Wohnzimmer mit einer kleinen Küche, Dusche, Toilettenanlagen dahinter und klimatisiert.
Wenger fuhr die Klima dort auf maximal fünf Grad unter der Außentemperatur, mehr vertrug er nicht.
Die Tamoil zu, er fuhr einige hundert Meter weiter zu Antonioni seiner IP-Tankstelle, wo dieser Chef, Generaldirektor, Präsident, Eigentümer und gleichzeitig Scheibenreiniger war. Es gab hier Diesel LKW von der alten Zapfsäule mit dem großen Hahndurchmesser, der in den alten Tankstutzen hineinpasst, Motoröl auf Mineralbasis aus dem 30 Liter Fass, schöner Stahl in blau weiß gestrichen. Er füllte zuerst einen halben Liter mit der Motorölkanne nach, fast schon ein Ritual verglichen mit den scheußlichen Plastikdosen und dann weitere drei Liter in einen ehemaligen Militärkanister von der Royal Air Force. Fundort - Feldflugplatz irgendwo in East Anglia.
War es Gaydon oder doch Bentwater? Konnte sich nicht mehr erinnern. Hatte ihn im August während eines trockenen Sturmes gefunden, lag in einem alten Wellblechhangar, wie neu. Ausgedörrtes Farmland, alles braun geröstet. Nicht weit weg, die Ostsee, hatte

eine ungute Farbe. Wellen wie mit Öl belegt und eine dumpfe Luft trieb im Kreis herum. Vögel fetzten im Tiefflug dahin und machten gehörig Wirbel. Die Weizenfelder abgebrannt, das Land vergessen.
Diese Kühlflüssigkeit mit stolz drauf «bis minus 40 Grad», giftig rot da brauchte er auch was.
Sizilien im Winter, man weiß nie. Den Kühler nur nicht vollfüllen, das Gefäß braucht was zum Ausdehnen.
Dieser Motor hatte neben dem Wasserkühler einen riesigen, stehend eingebauten Ölkühler mit Zusatzpumpe.
Es war angenehm frisch am Morgen so um sieben herum und er nahm sich ein extra Stangenbrot. Nicht direkt ein Baguette wie bei den Franzosen, sondern stärker unterteilt und etwas dunkler. Dazu ein kleines Glas mit dunklem Honig, der stark nach wilden Kräutern roch.
Schwarze Punkte wanderten vom linken Auge weg, nicht wirklich schlimm, außer es fängt zu Blitzen an. Ihm war schwindlig. Dieses Wetterleuchten gestern Nacht hat ihm nicht gefallen und auch der kurze Sturm mit wildem Regen war hier neu für ihn. Dazu färbten sich Himmel und Gegend gelb ein. Er, abergläubisch wie ein alter Matrose und daher schaute er sich auf der Fahrt nach schwarzen Katzen um. Es gab keine.
So machte er Pause am Ortsrand bei einer einsamen Kirche mit steilen Stufen hinauf zum Haupteingang. Drinnen angenehm warm und kühl zugleich, es duftete nach Weihrauch. Ins Kerzenbecken drückte er vier in eine schiefe Ebene hinein, warf Münzen ein, zündete sie etwas umständlich an, die Kerzen, nicht die Münzen. So dünne, hellbraune waren ihm am liebsten. Im Mittelschiff, hinten wo die Bankreihen beginnen, stand eine Frau in einem hellen Sommerkleid mit roten Blumenblüten und schwarzem Haar auf Rossschwanz

gebunden. Sie nickte ihm zweimal zu, eine Heilige sicher.
Wenger war irritiert und als er den Seitengang zur Ausgangstüre zurückging, war ihr Blick auf den Boden gerichtet. Er blieb stehen. Irgendwer kramte in der Sakristei vorne links neben dem Altar, die Fenster in dunklen, satten Farben und das Gestühl fast schwarz. Der Boden schneeweißer Marmor, mit feinen rosa Linien drinnen, ausgeblutet, wie hin geschliffen und kein Modergeruch.
Er blieb eine Weile in stiller Ruhe, bis er sich an das Halbdunkel gewöhnt und spendete vor dem Heiligenbild der gütigen Maria von Trapani.
Die Frau war weg, hatte er nicht mitbekommen.
Direkt an die Kirche angebaut ein Geschäft mit großer Auslage. Innen weit wie der Motorraum eines Hochseeschiffes.
Er kauft eine kleine Kaffeemaschine zum Verschenken, dazu eine Stielpfanne in Edelstahl. Fand noch einen Regenschirm für zwei Personen. Nicht einfach hier, denn Sonnenschirme gibt es überall, aber Regenschirme?
In Pizzolungo wirbelte Wind Staub durch die Luft und einem ins Gesicht. Er wechselte auf Lee und entging weiteren Angriffen. Der Italiano kam nicht. Daher auch kein Americano zu bestellen. Telefonkontakt verboten. So ging er an den Strand die kleine, kurze Uferpromenade entlang. Plastikflaschen spielten Ping Pong, und endlich eine Katze, schönes Tier, rotweiß und gut genährt.
Die Häuserzeile entlang farbenfroh und sauber, niemand draußen. Dahinter eingetrocknete Grundstücke, gespannte Wäscheleinen und sonst nichts. Einige hatten vorgebaute Räume mit einer Veranda oben drauf und filigranen Eisenstehern.

Stichstraßen führen in den Ort hinein, Stille nur ab und zu das sanfte Scheppern einer blechernen Anzeigentafel für ein Schreibwarengeschäft. Die Fensterrahmen abgefressen und gebleicht von Wind, Sonne und Meer. Hier wohnen ist toll, du brauchst eine Haushälterin, die die Bude sauber hält, wäscht und kocht und dir die Leviten liest.
Die Farben der meisten Autos erbarmungslos ausgebleicht, schlechter Glaslack ging in Fetzen ab, die Reifen jammerten ihre Trockenheit in den fetten, schmierigen Asphalt, der im Uferbereich in grobporigen Beton überging oder in hellgrauen Schotter. Vieles in Auflösung was gut ist.
Lässt im Auto ein Billigfeuerzeug ohne Ventil liegen explodiert das Ding und der Wagen fackelt ab. So einfach sind die ausgebrannten Fahrzeuge ohne Fremdeinwirkung zu erklären. Navigationsgeräte schalten sich wegen Überhitzung an der Windschutzscheibe aus. Er verwendete sie kaum und wenn es sein sollte, seines war montiert neben der Auströmdüse mittig und die Klimaanlage, hielt das Ding am Laufen.
Es gab noch drei italienische Schokoladehersteller, die anderen von Konzernen gefressen. Irgendwie alles verlassen, er wanderte zurück kaufte sich beim Bäckerladen eine süße Versuchung und ging damit ins Café gegenüber. Wenn er so weiter fraß würde es ihn bald zerreißen.
Warten war angesagt, also rumhängen, Zeitung lesen, beobachten und sich bei allem Zeit lassen. Dort einen Milchkaffee, Wasser dazu und das Zeugs zusammen gegessen. Samt den Fingern, die voller Creme und der Mund herum auch. Herrlich gut und ohne Kalorien, himmlischer Geschmack auf einem halbharten

Tortenboden mit Krisp Stückchen dazwischen. Dazwischen eine fette, hellbraune Creme, mit einem Hauch von Zitrone drinnen. Beim Runterstechen mit der kleinen Gabel kippte das Ganze über den Tellerrand. Er holte sich ein zweites. Die Verkäuferin erinnerte ihn an die Schweiz und den Spruch - alle Mörder kommen aus dem Emmental.
Helle Haut, schwarzes Haar große Kulleraugen, tolle Figur und zarte feingliedrige Hände, lustig höflich. Hinter ihm schlurfte eine alte Frau in einem blaugetupften Hauskleid herein, graublaue Augen und hellwach. Er trat etwas beiseite als sie ihre Bestellung machte und mit Fingern auf dies und das zeigte. Beim Hinausgehen blickte ihm die nette Dame nach und hatte ein Lächeln im Gesicht, Wenger später auch. So schenkt man gute Laune und Glück.
Er sollte hierherziehen und würde dann von der Sonne im Schlafzimmer ausgedörrt. Nur er brauchte was mit einem guten Ofen und dichten Fenstern, im Winter war es saukalt und böig. Garage hinter dem Haus muss auch sein, sonst zerfrisst einen die Salzluft das Gefährt in zwei Jahren, nur Dumme lassen ihre Autos in Strand-nähe oder am Hafenkai stehen.
Wenn das so weiterging mit Essen, Herumhängen wäre es besser sich gleich hier eine Dauerunterkunft zu suchen. Ein Haus mit der Aufschrift Commune di.... gab es hier nicht, auch kein Hotel de Ville, wie in jedem kleinen Dorf in Frankreich. Leute wenig bis kaum, genau richtig und die Polizei kennt dich. Halt ein Verrückter, der hier sterben will oder sonst was. Er wird sie fragen, ob es hier was zu mieten gibt mit Ofen und guter Bausubstanz. Natürlich mit Balkon oder noch besser Terrasse und einem Duschraum mit Außen-fenster.

Er musste sich um einen italienischen Waffenschein kümmern. Einen kleinen 5-schüssigen Trommler, neun Millimeter, dazu Patronen hatte er schon. Lag im Tresor von Buffo, oder in seiner Schreibtischschublade, falls er ihn braucht. Jedoch hier brauchst eine Schrotflinte mit kurzem Lauf. Das ist das Richtige für Sizilien. Diese Stoppwaffe war ein italienisches Produkt, hergestellt in Brasilien mit einer Serial Nummer, die es nicht gibt. Love you, kiss me, war die Kennung, nur hier war es anders und geheimnisvoller.
Was er hier oft auf Schildern las bei Nebel 40, in caso di nubio oder wie auch immer... Mit casa rural hatte das nichts zu tun.
Der böige Wind schüttelte Gebüsch und Bäume durcheinander, um dann in sich zusammenzufallen. Dünne Schleierwolken zogen auf. Föhn in und über Sizilien, gibt's doch nicht?
Wenger beschloss länger hier zu bleiben. Ein leichter Nieselregen kam auf, direkt angenehm. Eine gute Wendung, der Italiano kam mit zwei bis drei Kilogramm Papier für ihn zum Durch- und Abarbeiten, das Treffen dann Samstag Abend in Trapani?
Der Mann schaute nach Buchhalter aus, blass im Gesicht und sehr hygienisch. Schmale Lippen, Haaransatz gefärbt, keine Ohrenhaare, manikürte Hände. Maßgeschneiderter, dünner Sommeranzug, hellgraue Krawatte etwas locker. Der Herr Dottore auf dem Weg zu einem Klienten. Im Gegensatz zu Wenger trug er keinen Schmuck, die Schuhe in einem hellen braun, Ledersohlen.
Jetzt fiel der Regen kübelweise herab, dünnte die Luft aus. Seine Informationen und Wünsche wollte er schnell los werden, Wenger hörte zu und sagte wenig. Atombombenangriff, das Licht geht aus, Brausewind und dann ewige Stille fiel ihm dazu ein.

Er ließ sich nichts zahlen, ging schnell davon über dem Marktplatz. Der nun feine Regen schien ihm auszuweichen. Verschwand in einer Seitengasse. Kein Auto zu sehen, hatte es sicher weiter weg abgestellt.
Seine dünne, dunkelbraune Aktentasche mit Messingbeschlägen in der rechten Hand, also ein Linkshänder tippte Wenger und trug die Ordner zum Benz, alles in den Kofferraum. Dort hatte er einen eingespannten Karton, damit beim Fahren nichts herum buchste. Er mochte den Wagen, das riesige Lenkrad und unendlich viel Platz. Fensterheber, keine elektrischen jedoch bereits vier zarte Scheibenbremsen.
Er fuhr zügig ab, die Scheibenwischer zitterten beim Anfahren, bemühten sich ein Gemisch aus Staub und Blütensamen mit viel Nass weg zu bekommen. Die Gegend begann zu dampfen. Es roch nach Maggistrauch.
Bei 90 nahm er den Fuß etwas weg vom Gaspedal und fuhr bedächtig weiter. Auf der Straße in den Spurrinnen, weiße Schaumblasen aufgereiht wie Perlen an einer Kette. Es war teuflisch schmierig geworden nach dem wilden Regen.
Kaum Verkehr nur die „Sand und Schotterschleifer“ unterwegs, von denen er sich überholen ließ und dabei Platz machte und die Geschwindigkeit zurücknahm. Sie dankten ihm mit Blinker rechts und rauschten davon. Iveco Tracker, neue Modelle mit Zorzi Alu Sattelaufleger, alles «Made in Italy», die Reifen Michelin, luftgefedert. Ab und zu ein Astra LKW dazwischen. Die Fahrzeuge alle in weiß, ohne Firmenaufschrift. Auch der 5er BMW, auf den er zurollte in einer schattigen Parkbucht, wo es Trinkwasser gab.

Er parkte mit genug Abstand, seine Edelstahlflasche in der Hand zum Ausspülen und Füllen dabei. Er wusch sich Gesicht und dann den ganzen Kopf mit Nacken und lies das Wasser über die Handinnenflächen laufen in Richtung der Adern, bis es weh tat. So kühlt man sich runter, das gleiche machte er mit den Füßen.
Vom Fahrer des anderen Wagens nichts zu sehen, Wenger schlurfte vorbei, abgesperrt, die Scheiben oben und auf der Innenscheibe ein Aufkleber der Mietwagenfirma, Antieinbruchplakette und Versicherungsnummer in grün-weiß. Kennzeichen von Palermo, ziemlich neuer Wagen, ein 528 i. Nicht ganz billig zum Mieten oder gut getarnt.
Er fuhr langsam ab und behielt die Gegend im Auge, du wirst alt und siehst Geister. Nein, da war nichts.
Seine Augen brannten ein wenig und er verspürte im rechten Oberschenkel ein leichtes Ziehen einer Vene und das, obwohl er so viel herumgerannt war. Übertrieben – ruhig geschlendert und dazwischen gesessen. Das Sitzen bringt einen um, da war er sicher.
In Liebe gestorben, deine Maus, fiel ihm dazu ein. Auch gut. Er mochte Haselmäuse und Bussarde. Tolle Mischung. Bussarde lieben und erkennen Blondinen, auch da war er sich auch ganz sicher.
Er gab Gas, um einen größeren Abstand heraus zu fahren, sonst kann sich einer gut in Position bringen, es knallt und du bist dann irgendwo oder nimmermehr. Kaum echte Kurven was gut für ihn war, da er knapp 110 fuhr. Er lenkte in die nächste Ausweiche ein, Scheibe runter, Fernglas in Augenhöhe und warten. Der BMW kam in Sicht, die blauweißen, kleinen, runden Scheinwerfern an und das bei 36 Grad im Schatten und gleißender Sonne.

Zu spät mein “Friend“ dachte Wenger und der knallte keine Minute später an ihm vorbei, doch ein Sechszylinder.
Der Trommler war im Hotelsafe, jedoch die 22er Automatik im Handschuhfach, jetzt nicht mehr. Seinen Wagen mit dem schreienden Gelb konnte und wollte er nicht verstecken. Gute zehn Minuten kein Verkehr, nur ein blassblauer Seicento wieselte aus der anderen Fahrtrichtung heran, gleich darauf eine zweier Motorradstreife wie hoch zu Ross. Kümmerten sich nicht um ihn und zogen schnell davon. Wenger packte zusammen und zuckelte ruhig und gemütlich nach Hause.
Wo war er eigentlich zu Hause? Dimitra in Plitra fragte ihn einmal danach, er sagte er wisse das nicht mehr. Wer immer die sind, sie wissen viel von dir und du von denen wenig bis gar nix. Auch gut, so hat man den Kopf für anderes frei, wie für fangfrischen Schwertfisch in einer leichten Sauerrahmsoße, einem Schuss Essig mit Kapern und Bandnudeln.

TRAPANI, die scheue Stadt bei Nacht

So gegen acht Uhr ging Wenger die Calle Maria Angelo in Richtung Meer entlang. In der Luft der Duft von Marille, vermischt mit frischem Brot. Hier gibt es keine Marillen, maximal Pfirsiche. Einige wenige Leute unterwegs zu ihren Wohnungen und die kleinen Geschäfte offen. Ein buntes Allerlei wurde hier feilgeboten von Holzschnitzereien, über Seifen und selbstangesetzten Parfumnoten bis hin zu grob gewobenen Stoffen, weiß mit blassblauen Streifen. Alle

paar Meter ein Friseurladen. Fühlte sich wohl, behütet und ein wenig verliebt. In was, in wen und warum - er wusste das nicht und es war Marillenduft, nicht Rose. Ein mittelalter Mann von nirgendwoher nach irgendwohin auf der Suche nach einem Abendessen. Haus Nummer 79 war sein Ziel. Ein graugrüner Ziegelbau mit vom Rost zerfressenen Fenstergittern und einer neuen Eingangstüre in Massivholz, verblendet mit schweren Messingbeschlägen, drei Stockwerke hoch und von oben schaute schräg eine Dachterrasse herunter. Minikameraauge daneben und flacher Elektronikteil, um Ziffern einzugeben, darunter ein bündig eingebautes Massivschloss. Die Zahl lautete auf 4711.
Er ging zuerst vorbei, die Ecke halblinks, hatte noch 20 Minuten Zeitguthaben. Fand einen Ecktisch, von dem aus er die Eingangstüre von Nummer 79 gut einsah. Reservierte den Tisch für 22 Uhr, ließ sich ein kleines Pizzadreieck kommen, dazu mildes Wasser und einen einfachen Grappa. Das Pizzastück, der Teig gelb bis hellbraun, dünn und knackig, ein Genuss. Daneben ein ovales fingerdickes Stück Wurst, hellrot mit Speckstücken drinnen.
Schmeckte teuflisch scharf, gut. Gut, dass der Grappa kein einfacher war.
Der halbjunge Kellner schwitzte etwas viel, entweder die Nacht davor gesoffen oder hing an der Nadel. Zu freundlich oder hatte einfach Angst.
Zuerst kam der Buchhalter, tippte seine Zahl ein, drückte die Türe mit dem linken Fuß auf und stolperte mit seinen beiden Aktentaschen hinein. Gleich darauf zwei kleine Runde, mit Halbglatze, sahen aus wie Zwillinge oder auf jeden Fall Brüder, der eine öffnete und ließ den anderen vorgehen, ob das nun Höflichkeit war oder Vorsicht?

Zum Schluss, die etwas knorrige Cestina in einem halblangen, hellgrünen Sommerkleid, schaute sich dauernd um, nicht nervös jedoch musste sie die Nummer zweimal eingeben.
Wenger stand auf, zahlte und ging nun zur Türe, tippte auf die Tasten mit einem Fingerknöchel, er hatte was gegen die Verbreitung seiner Fingerabdrücke. Eine breite, angenehme Treppe führte rauf, links und rechts mit Holz ausgekleidet direkt in eine putzige, kleine Dachwohnung. Dann durch die Türe mit den Schnürlgardinen und raus in die angenehme weiche Abendluft.
Die Sicht oben, noch immer durch nun eine kleinere Schar von Antennen in verlorener Konkurrenz zu den Satellitenschüsseln. Kaum was zu hören von hier aus und das Meer schwarz und bedrohlich.
Schob es sich in Richtung Stadt oder stand es still?
Die Abendstimmung zum Sterben schön, einfach romantisch. Die Sessel filigranes Klump, der Tisch wackelig mit verblasster Oberfläche und eingebrannten Farbkleksen. Mittig eine dicke, dunkelblaue, undurchsichtige Karaffe, daneben hohe Gläser. Es gab selbstgemachten Zitronensaft einfach herrlich und erfrischend dazu.
Im fiel das Lied ein „Zwei kleine Italiener" – nur die waren keine, sondern Franzosen, sehr korrekt und zuvorkommend. Nach gut 90 Minuten war ausgeredet, Gaddafi wird von seinen eigenen Leuten umgebracht, diese Revolution von den USA finanziert und vorgeplant. Millionen von „Schweigegeldern" bereits geflossen und die Drecksarbeit von Nato und anderen Mitgliedsstaaten der EU erledigt.
Für Wenger war klar und eindeutig, das wird nix und wie immer, wenn die Amis von ihrer Demokratiebewegung militärisch träumen, um ihre

Waffen zu verkaufen, ihre Konzerne zu den Rohstoffquellen führen, wird alles in Not und wirtschaftlicher Verelendung enden. War immer so und wird so weitergehen. Russland sei noch zu schwach, um zu reagieren, Berlusconi ein Kasperl und Sarkozy will ja selber seine eigene «armee de l'air» samt «aeroplan numero 1» haben. Schenkt man ihm halt einen Airbus 330 als persönliche Präsidentenkutsche.
Jetzt muss es gelingen die arabischen Staaten zu demokratisieren und den Iran ins böse Eck für immer einzuparken.
Die nächste komplette Fehleinschätzung warf Wenger ein, dafür gab es Zustimmung jedoch der Buchhalter blieb dabei, alles beschlossen und wird so in zwei Jahren ins Laufen kommen. Zahlen werden das Ganze die Europäer. Die Engländer sind sowieso bei jeder Sauerei dabei, spielen Parlament an der Themse, nur ihre Kommandoeinheiten sind vor Ort. Die Deutschen, dumme, ergebene Erfüllungsgehilfen der USA.
Wer redet, wird erschossen und dann so lange verleumdet, bis es passt.
Warum wurde das Treffen nicht am Flughafen abgehalten, fragte Wenger, um irgendwas zu sagen.
Weil die Amis jeden registrieren, der ins Natogebäude eintritt und die Italiener hier die Theatertruppe sind.
Wenger hatte in Algerien als man dort in das Ausbildungsgeschäft einstieg, ein 3000 Betten Feriendomizil hochgezogen, direkt die Neuaustattung geliefert über eine Firma aus Paris, abgesichert durch Schweizer Bankgarantien. Madame Karp war federführend im Einkauf, ihr Mann gab den höflichen Sekretär.
Algerien wird das alles überstehen, Marokko auch, halt mit einigen Kratzern, jedoch Tunesien und Ägypten nicht. Auch das alles eingeplant und in Vorbereitung.

Wenn die neuen „Demokraten“ nicht mitspielen, werden sie ausgetauscht, solange bis es passt. Die EU-Granden werden diesen Demokratiezauber voll unterstützen in ihrer geistigen Umnachtung, willfährige Idioten von Amerikas Gnaden. In der Öffentlichkeit und bei Presseauftritten auf den Tisch hauen und nach Sitzungen weinerlich davonziehen, sich betrinken, weiterlügen und schlafen gehen.
Wenger kam als letzter und ging nach all den anderen. Cestina sprach überhaupt nicht und blickte in die Runde mit einem Kopfnicken, bevor sie eilig die Treppe hinunter klapperte bis in der Gasse ihre Schritte erstarben. Eine interessante, einsame Frau, die zu niemand Kontakt halten schien. Er wusste nicht, warum die bei den Besprechungen dabei war, wieso und für wen sie eigentlich arbeitete.
Die zwei kleinen Italiener fluchten auf die Amis und der Buchhalter sagte dazu, genau so sind die. Ihr sogenannter Friedenspräsident ein schlimmer, menschenverachtender, überheblicher, arroganter Depp. Er will den Saudis das Genick nicht direkt brechen, jedoch einrichten. Nur, er ist ein Schwarzer und mit sowas reden die Saudis gerade noch, nehmen ihn nicht zur Kenntnis, ist unter ihrer Würde, der Würde dieser Salafisten. In der arabischen Welt, der islamischen, werden Schwarze maximal, wenn überhaupt geduldet, kommen gleich nach den Türken, die haben auch nichts bis wenig zu Sagen. Alles dreht sich um Iran/Irak – Sunniten, Schiiten und es wird noch Generationen dauern, bis sie zu müde zum Kriegführen sind.
Schade um Frau Albright, die war noch echt, jetzt laufen da nur Marionetten herum, die zu viele Flugstunden sammeln in ihren Boeing 757.

Kaum kühler geworden, als er wieder in dem Ecklokal seinen Tisch in Besitz nahm. Nur wenige andere besetzt, es waren Deutsche und Engländer.
Wenger war nicht der letzte gewesen, der das Haus verlassen hat.
Langsam öffnete sich die Tür und eine ältliche, klein gewachsene Frau trat heraus. Blieb kurz stehen, blickte nach rechts und dann nach links, trippelte flink davon, eine große Handtasche fest an sich gedrückt. Wackelte dabei nach links und rechts, wie leicht betrunken.
Engländerin, tippte er und sie verschwand in der Dunkelheit so schnell wie ein Wassertropfen im Meer. Nur sie war keine aus dem UK.
Die Lady hatte Klasse, oder war knapp bei Kasse, oder Altersgeiz oder nur eine gute Tarnung. Sie war schäbig, ärmlich angezogen. Die kommt zurück, er aß gedankenverloren, hatte gleichzeitig etwas Kopfweh und Magenschmerzen dazu. Er trank laues Wasser, non freddo, wie man ihm erklärte, was ihm guttat, dann ein kleines Risotto mit Meeresfrüchten. Etwas später Nudeln mit Kräutern und einem Hauch Olivenöl. Er hatte Heißhunger auf Nudeln. Beim Essen dachte er an Milchreis bestreut mit Zimt, umgeben von einem säuerlichen Apfelkompott.
Um 23 Uhr 17 war sie zurück, öffnete mit einem Schlüssel, drückte sich ins dunkle Haus hinein. Grauweiße Haare, verhärmtes Gesicht, schlank nun ohne Tasche. Mehr konnte er nicht aufnehmen. Halb links auf der Rückseite ein schräger Balken eines gelben Lichtes im dritten Stock. Verlosch zitternd, er fühlte sich gleich danach beobachtet und sollte recht behalten.
Er trank ein Glas dieses fruchtigen Weißweines zu viel, wie oft in der letzten Zeit und es gab einen großen kalten Grappa aufs Haus. Jetzt war er leicht angesoffen.

Und das mit Papieren! Er zahlte, gab Trinkgeld, kassieren tat nun der Chef. Ein freundlicher Herr um die 50. Weißes Hemd, dunkle Hose, frisch rasiert. Kaum mehr Leute in der Gegend und er spaziert in Richtung Hafen hinunter. Oder was immer da kommt, er kannte diese Ecke von Trapani nicht. Mit drei anderen Gassen mündete die seine in einen dreieckigen Platz, der direkt an eine Mole ging und dahinter dümpelten einige Boote. Weiter entfernt schwitzten Fährschiffe, daneben und davor Sattelschlepper mit und ohne Aufleger. Der Hafen, schwach beleuchtet, eine etwas bedrückende Stimmung, die Lokale gut besucht, am Himmel ein dunkles Wolkenband, weit draußen pechschwarz.
Er lehnte sich an eine Hauswand, spürte den groben, zerfressenen Putz und machte Pause. Er entschied sich die Mole entlang zu gehen, in Richtung Südwesten und zurück, geradlinig in die Stadt hinein.
Die Auslagenscheiben der vielen, kleinen Geschäfte strahlten ihre Hitze auf den Gehsteig. Sein Wagen stand gegenüber der Polizeistation mit Sicht auf das Stadtamt. Er kam dort, ohne sich vergangen zu haben, an und nahm kaum was wahr. Hier eine Art Brunnenlandschaft, es war frischer als am Meer und angenehm ruhig.
Er ging in ein kleines Café. Bestellte sich einen Latte Macchiatto mit Hörnchen und Wasser. Fand was Besseres dazu, quadratische hauchdünne Schokoladeplättchen, einmal in Krisp, dann weiß mittig drinnen, war kein Joghurt, Milchschokolade mit hauchdünnen Nussscheiben drauf, überzogen mit Honig und mehr. So was Gutes und geschmacklich Unbestimmbares hatte er schon lange nicht mehr gegessen. Im Abgang teilweise scharf, jedoch kein Ginger. Er beschloss trotz allem das nicht zu hinterfragen. Wurde prompt bedient

von einem Riesenmenschen mit halbem Vollbart, der lustige grüne Augen hatte. Er nahm das Bestellte, ging hinaus auf einen dieser Langtische, zum Sitzen war ihm nicht, er genoss das Stehen, den Café dazu und das sanfte Plätschern der Brunnenanlage.
Die Stadtverwaltung, ein quaderförmiger Bau, vier Stockwerke hoch und rundherum nicht verbaut, frei. Daneben etwas geduckt die Policia Stradale und dahinter die Carabinieri mit einem impossanten, vier Meter hohen Stahlzaun samt Hinweisschildern, was hier alles verboten ist und, dass hier militärisches Sperrgebiet ist, nicht sei.
Die Dienstautos blinkten im fahlen Nachtlicht, schön aufgereiht. Einzelne Fenster, obwohl abgedunkelt sprenkelten Lichtpfeile nach außen. In der Hauswand rauschte Wasser oder sonst was die Leitungen runter und gurgelte in die Kanalisation hinein. Sanft schob sich seitlich ein Riesentor auf und fast lautlos fuhr ein Iveco Massiv raus gefolgt von einer Alfa Limousine. Rollten bedächtig über den Vorplatz und verschwanden in einer Querstraße.
Danach Stille, ein Nachtfalter torkelte im Flug vorbei und kurvte um die Hausecke, weg war er.
Fast vergessen zu bezahlen, war schon am Gehen. Also umgedreht hinein, bekam einen Kassabon und ging in die Toilette. Handwaschen war angesagt und Wasser lassen. Dieses elegante Schokoladezeugs war vom Bruch her ähnlich wie die vom Läderach in Zürich, jedoch im Geschmack besonders nach dem Schlucken gänzlich anders. Erfrischend und beruhigend zugleich. Er hatte vergessen den Wagen abzusperren, das linke Fenster halb offen und am Beifahrersitz nun eine dünne abgeschabte Aktentasche. Oder doch nicht. Vor Jahren hätte ihm sowas Hitzewellen verursacht, mittlerweile egal, er hatte ein Gespür entwickelt für

Gefahr und Situationen. Angst war ihm weitgehend fremd.
Der Sicherheitsgurt ließ sich nicht gleich heranziehen, er ruckelte hin und her, bis es klappte. Die Tasche ließ er mal. Nur nicht aufmachen, später dann im Zimmer vielleicht oder erst am Morgen beim Frühstück.
Feigling!
In knapp einer Viertelstunde war er am Stadtrand und fuhr dann nach Nordosten zuerst in die Hügellandschaft hinein und später die Bergkette entlang.
Wenn sie dich erschießen, dann von vorne.
Kein Verkehr, es duftete nach Harz und frischer Luft. Tolle Gegend und es dauerte, bis er bemerkte, dass er ohne Licht fuhr. Knipste den Drehschalter zwei Stufen nach rechts und sah mit Licht auch nicht mehr. Er fuhr weiter in der Dritten, piano und sanft wie ein Automat nach Custonaci. Die Strecke kam ihm jetzt länger vor. Es war Vollmond, eine Lampretta rauschte heran und überholte ihn mit einem gekonnten Schwenk, eine Benzin-Ölfahne hinterlassend. Er ließ sich zurückfallen. Keine Vespa, keine Piaggio, es war eine Lambretta! Was man sich so alles einreden kann und das ist manchmal wichtig, stärkt das Selbstbewußtsein. Man sollte alle Zweitakter, diese Ölverbrenner verbieten und nicht mehr produzieren.
Im Hotel, der Junior saß in der Rezeption bei einer dieser grünen Schreibtischlampen aus den dreißiger Jahren und las in einem Buch. Schob Wenger den Schlüssel zu, nickte und las weiter. Ging nochmal zum Wagen und nahm die Aktentasche mit, versperrte den Benz und schaute die Straße hinauf, da war nix.
Hinten oben angekommen, setzte er sich aufs Bett, ließ sich langsam zurückfallen und schlief sofort ein.

Sein Hemd am nächsten Morgen verknittert wie eine Gleiskette. Die Aktentasche in der linken Hand, rechts von ihm sein Siegelring, die Autoschlüssel und seine kleine, flache Universaltasche mit Geld, Papieren und den Überlebenspillen. Das Genick schmerzte, jedoch sonst fühlte er sich fit und gut drauf.
Ab Mitte Mai bis Ende September muss man ins Landesinnere gehen, hoch hinauf, weg von den Orten am Meer oder in Kalabrien, hochtauchen in den Bergen. Viele Besucher da und alle leicht hysterisch und überdreht vom Urlaub machen um andauernd in Telefone zu starren. Sogar beim Schwimmen hat der damit unermüdlich Einsame angetroffen.
Natürlich mit dem Modell was weiß ich, wasserfest, zum Preis eines neuen Gilera Mopeds. Das Zeugs schwimmt sogar an der Oberfläche dahin. Wahrscheinlich mit Peilsender ausgestattet für Suchaktionen der Wasserrettung. Fast keine Bücher mehr am Strand, wenige damit in den schattigen Kaffeehäusern, gescheite und ruhige Leute, meist Frauen. Ab und zu dabei ein alter Sir mit Gehstock.
Die Verblödung der Menschheit nimmt an Geschwindigkeit und Umfang zu, wobei die Jugend bis auf einige Eliten voll dabei war, mit unsäglich dummen Essgewohnheiten und kapitalloser Angeberei. Wenger bekam Kopfweh davon und leichte Anfälle von Verzagtheit. Er sehnte sich nach stillen Universitäts-bibliotheken, schummrigen Anwaltskanzleien und Eisenwarengeschäften, wo der Besitzer selbst bediente. Man überschüttete sich dabei mit Unmengen von öligen Substanzen, die später das Meer versauten und sprach unsäglich und dauernd die gleichen Worthülsen. Eine weitere Gruppe dieser Strandmenschen ging die Ufer entlang in Dauertelefonaten. Dabei wild herum gestikulierend, schaut her, wie wichtig ich bin. Nach

diesen Marathongesprächen mit wirklichen und unwirklichen Freunden am anderen Leitungsende wird dann sofort das restliche Guthaben für die freien Minuten überprüft denn sonst wurde es teuer. Andere hämmerten wie wild Texte in diese von Bakterien und Viren verdreckten Geräte oder suchten verzweifelt und transpirierend nach ihnen in großvolumigen Handtaschen. Die Verelendung pur.
Ein herbeigeführter Stromausfall tut da Wunder, die Sendemasten erkalten. Danach läuft diese Menschenart herum und wird ziemlich lästig bis aggressiv. Batterie aus und Ladegerät vergessen, auch gut. Passt alles zusammen wie viel Hubraum und daher wenig Wohnraum, ähnlich wie dickes Auto und kein Geld für gute Reifen.
Das Spiegelgespräch beendet, die Zähne leuchteten in griechischem weiß, da wird der Olymp blass.
Manchmal am Morgen musste er sich zuerst orientieren, um heraus zu finden wo bin ich, was tue ich hier und warum. Diese Krisen gingen schnell vorbei.
Er arbeitete simultan an bis zu drei Rechnern, auch nicht besser als diese Smartphone Generation.
Behutsam nahm er vom Manesse Verlag Theodor Storm – Meistererzählungen und marschierte kühn und entschlossen in die kleine Stadt hinein, was eigentlich ein Dorf mit Marktanschluss war. Auf halbem Weg wurde ihm schwindlig, dauerte Sekunden, er riss sich zusammen bis er leicht geschwächt in eines der schön geflochtenen Korbsesselgebilde versank, nicht «Made in China»!
Zuerst mal einen zwei Minuten Earl Grey oder doch einen Kamillentee von Sognidoro? Er entschied sich für den Twinings von Unilever, passte besser zum Buch und begann mit „Der Herr Etatsrat“ mittendrin.

Manchmal stolperte sein Herz, jedoch nicht während langer Abende mit viel Diskussionen, einigen Gläsern Wein und wenig Schlaf, danach war er top fit. Lebte er brav dahin, wie man es nennt oder auch nicht, kamen kleine und große Probleme.
1000 und mehr Kilometer an einem Tag schaffte er noch. Danach braucht es halt ein wenig Magnesium und Q10 und schon lief der Motor rund.
Er fuhr gerne und sicher von acht Uhr abends bis zwei Uhr in der Frühe, dann ins Bett und so um sieben einen langen Morgenspaziergang.
Böse Menschen sind nicht immer so, denn die Angst leitet sie. Das las man bei Storm oft gut heraus.
Zurück ins Leben! Ein herbes, blondes Weibliches legte ihm übers Büchlein die aktuelle Ausgabe der Neuen Zürcher Zeitung. Direkt vom Flughafen Kiosk aus Genf, ich komme von Palermo mit dem Taxi.
Ein Hauch Amirage von Givenchy traf ihn.
Servus du Streuner, ich brauch ein Zimmer und was zum Essen.
Wenger haute es fast aus dem Korbsessel.
Woher weißt du, dass ich hier und da bin?
Habe mich durch telefoniert und bei Gino von der Rezeption hatte ich einen Volltreffer.
Ich bestell dir was Gutes, dann gehst sicher schwimmen und ich schaue dir zu, trete den Strand noch etwas flacher und verkrümle mich, wenn es mir zu heiß wird zum Friedhof hinauf, weiterlesen.
Genau so, er bekam eine leichte Kopfnuss.
Sie sagte „goi“ Lois, er verstand das nicht, traute sich auch nicht danach zu fragen.
Es kam halbweißes vom Bäcker, dazu Mandelplättchen und Feigenmarmelade gemischt mit Beeren, beigestellt ein duftender, sagen wir es auf wienerisch, großer Brauner. Gelbe Butter, handgeschnitten, daneben auf

einem kleinen Glasteller eine Portion Honig, welche ihr Wenger wegaß und dasselbe nachbestellte.
Schneeweißer Schnittkäse, der hier übersetzt so ungefähr heißt wie «Herber Schwarzer» und ihr Kleid war hinreißend und das was drinnen war noch mehr.
Sie trug ein grauweißes, helles Strandkleid, knapp bis zum Knie und über dem Busen rechteckig ausgeschnitten, bis zu den Schulterblättern hinunter.
Stoffsandalen mit Ledersohlen und darin kleine Mausfüße. Wumm.
Der Rest echt blond und Wenger war hin.
Er las weiter, beobachtete sie verstohlen. Sie aß ruhig und besonnen dahin.
Bestellte ein nicht gekühltes Wasser nach. So hatten sie sich kennengelernt bei Wasser nicht aus dem Kühlschrank, der Kühlung. Ist im Süden schwierig zu bekommen, ähnlich wie in Griechenland, wenn man einen Regenschirm braucht und einem Sonnenschirme vorgelegt werden.
Sie ging ihm ab, am Morgen, am Abend und in der Nacht. Die Zeit heilt alle Wunden, auch so ein Sprichwort, welches nicht auf jeden und alles zutrifft.
Amerikanische Riesenfrauen schleppten sich träge den Strand entlang.
Er ging Jause kaufen, welch eine Erholung dort im Geschäft, etwas Anstellen, dann wird man persönlich bedient und nach seinen Wünschen gefragt.
Er brachte einen Crudo mit Stangenmozarella, ein Pelegrino in der Glasflasche und ein halbes Weißbrot an den Strand, dazu einige Pfirsiche, gewaschen unter Einer der Duschen.
Sie arbeitete nun seit einigen Jahren in der Schweiz bei RUAG in der Luftfahrtabteilung-Vertragswesen.

Für das Gebrachte gab es einen sanften Kuss auf die rechte Wange und Wenger ging verlassen in Richtung der kleinen Hotels, hielt sich im Schatten und wanderte die Straße nach der Uferverbauung in Richtung Friedhof hinauf. Sein Lieblingsplatz dort, eine blau gestrichene Bank neben der Grabstätte eines Davide Baldini, Bäckermeister und gewesener Feuerwehrkommandant. Ein gutmütiges, glattrasiertes Gesicht lächelte einen an. Seine Frau überlebte ihn 14 Jahre, beide nun, darunter auf einem Doppelbild vereint, sie sah etwas streng aus. Keine Grabplatte, innerhalb der weißen Umrandung ebenso hellblau blühende, zarte Blumen die ähnlich wie «Vergiss Mein Nicht» aussahen, es aber nicht waren.
Er widmete sich Edgar Allen, trank Wasser. Nach einer guten halben Stunde kam Dieter keuchend die leichte Steigung herangegangen, Zigarre im linken Mundwinkel, eine verhunzelte Virginia, eine Krumme aus Bayern, Brille etwas verschoben, er roch frisch von einer dieser Seifen, die den ganzen Tag einen sagenhaft sympathischen Duft abgeben.
Ächzend setzte er sich neben ihn, Wenger hörte sein Herz pumpen und ihn daneben leicht seufzen. Er trank gierig das Wasser aus.
Warum machen wir diesen gesamten Mist?
Weil es andere nicht machen, gab Wenger zur Antwort.
Stille, nur ab und zu schwebte ein Blatt oder eine Nadel gehalten von einer Spinnwebe langsam und bedächtig zu Boden. Nur das waren keine Spinnweben, sondern er tippte auf haudünnen Blütennektar in Fadenform.
Dieter legte ein Abspielgerät zwischen ihnen auf eine Bankstrebe und sie hörten lange diesen Nachrichten zu. Es waren kaum Anweisungen dabei, eher viel Unsicherheit, wie sollte man reagieren, ob und überhaupt. Könnten von einem dieser Tag und Nacht

Politiker sein, die früh am Morgen in Rasierwasser baden und sich Antifaltencreme ihrer Freundin ins Gesicht drücken, danach die Ehefrau anrufen und den Kindern Lügen vom Nichts erzählen.
Er hatte die Aktentasche vergessen, nicht mal geöffnet, sagte jedoch nichts.
Dieter zu Wenger, mir ist lieber du bleibst hier, hast Kontakt und ich fliege zuerst nach Alexandria und weiter nach Bengasi.
Gut, nachdem wir beide in diesen Gegenden die Straßenschilder nicht lesen können und die Fahrer schlimme Brüder sind, ist Fliegen sicher und schnell.
Wenger bekam eine elendslange Liste mit Gütern zum Durchprüfen, die von hier via Schiff nach Libyen, Tunesien und Ägypten zu bringen waren.
Bitte prüf das, gegebenenfalls streichen und ergänzen. Das Ganze dann retour an die Einsatzzentrale in Dänemark.
Du bekommst Bescheid, wenn die ersten Wagen hier eintreffen. Es wird alles in Italien eingekauft und verladen. Nur die Toilettenabsauganlage kommt aus England rüber. Fratinelli und Söhne bringen dir alles. Hier deine Kompetenzbestätigung. Auf dem Konto der Banca Agricola im Ort sind 30'000 für Spesen, deine Kontokarte und hier 3000 Bares, man weiß ja nie.
Nowhere, anywhere, somewhere - genau so fährt man die Welt und unsere Kultur an die Wand und wie Alois.
Wenger sagte nichts dazu, war schon alles gesagt.
Dieter verschwand wie ein Schatten, wie Zigarrenrauch im Nebel aufgelöst. Ein einsamer Mann, dem es zunehmend schwerer fiel sich und das alles aufrecht zu halten.
Er hörte kein Autogeräusch, nix. Eine halbe Stunde später ein kleiner Turbinenhubschrauber, gewann mühsam Höhe und flog knapp über die Spitzen des

Vorgebirges davon. Wobei knapp, sicher 100 Meter über Grund waren. Es war eine orangeblaue Breda Nardi Hughes 500C von der Guardia di Financia. Das konnte er gut erkennen. Dieter ohne ein Fluggerät, unvorstellbar. Die Maschine war gestern gekommen und Dieter hatte zuerst mal die Lage erkundet und seine Dauertelefonate über Satellitentelefon geführt. Einem Commander steht einiges zu, er fordert an, bekommt es und wenn er dann zu den Crews noch das Danke sagt und nicht den Chef heraushängen lässt, ab und zu Spesengeld ohne Belege verteilt, da es nicht möglich ist für alles und jedes einen Zettel zu bekommen, liebten sie einen.
Danach und vor Ankunft alle Mobiltelefone stören lassen und sich zu Fuß in Richtung Friedhof geschleppt. Er ging sich nicht gut. Eine alte Sache aus Isfahan. Seine Frau tot, verbrannt und die Kinder irgendwo. Der Bauernhof in Niederösterreich verwaist. Die kleine Wohnung in Fischamend verlassen, das Refugium in der Tiefbrunnau aus den Zeiten des kalten Krieges vergessen. Dort stehen noch immer zwei Jeep im Heustadl und andere Sachen. Kleine Sprengstoffbunker samt Waffen unter diversen Brücken, eingebaute Panzerkanonen in filigrane Bunkeranlagen und riesige Abhörstationen auf Hügeln in der Gegend. Da wundert es nicht, wenn plötzlich viele Tschechen und Ostdeutsche in diese liebliche Landschaft auf Urlaub kamen.
Wann schlief dieser Mann, ihm kam vor kaum oder nie. Wenger legt sich auf die Bank, schob seinen dünnen Windpullover unter den Hinterkopf und schlief auf der Stelle weg. Das Tappen eines Gehstockes weckte ihn, er richtete sich mühsam auf, mit der rechten Hand die Armlehne umfassend. Eine zarte, dünne, weißhaarige Frau ging des Weges, nicht in seine Richtung

jedoch zu den großen, überbauten, schattigen Gruften hin, was eigentlich kleine Kirchen sind. Als sie dort ankam, war Wenger munter, schob die Liste zusammengefaltet in seine linke Vordertasche und ging langsam und lautlos zurück in Richtung Ausgang.
Stille, nichts als Stille, der Wind verstorben, die Vögel eingeschlafen und sogar die Eidechsen verharrten in andächtigem nicht Bewegen.
Er schätzte die Zeit so um vier Uhr herum, es war irre heiß. Auf dem Parkplatz ein graublaues Maserati Coupe. Die Motorhaube warm, die Felgen richtig heiß. Zwei zusammen gefahrene Fahrräder lehnten am Handläufer, neben dem Stiegenaufgang.
Er blieb an der Umbauungsmauer stehen, lehnte sich an und schloss die Augen. Wurde er müde, die Batterien leer und unsicher? Hier war niemand, stakste weiter durch das zweite Tor hinaus die Sonne im Rücken. Dort wo vor langer Zeit Laternenmasten gestanden sind, die man nun auf die andere Straßenseite verlegt, drückte er sich hinein, ein großes Halbrund und wartete.
Nach gut zehn Minuten schoss der Maserati vorbei in Richtung obere Stadt, dort wo Freitags ein Wochenmarkt abgehalten wird. Die Gänge hoch ausgedreht und weg war er. Drinnen saßen ein junger finsterer Mann und diese etwas alte zittrige Frau vom Friedhof. Die hatten ihn beide nicht gesehen, übersehen.
Er stieg in ein Taxi vor dem Postamt und ließ sich hinausfahren, etwas am Hotel vorbei und stieg bei der Pharmacia aus. Holte sich Augentropfen, die Bedienung verlor ihre Haare, keine Kunden sonst drinnen, ging die paar Meter zurück in sein Hotel.
Nicole sicher schon dort, er steuerte die Bar an, bestellte einen Cappuccino, dazu bekam er

Mandelgebäck, trocken und bröselig. Schwedische Keks mit Preiselbeeren drauf waren ihm da lieber. Er hatte Durst und seine Wasserflasche im Friedhof stehen lassen. Sie kam die Treppe runter, ohne sich umzudrehen, wusste er es.
Drückte sich neben ihn und sagte:
Bestell mir was, geh dich Duschen, ich führe dich heute aus.
Er orderte einen guten Wermut ohne Eis mit Limettenspalten drinnen und dazu ein stilles Wasser mit etwas Salzgebäck, was dort die Großmutter machte, auch ihre „Schneebälle“ sagenhaft gut.
Nicole du bist ein Traum.
Zahlte ein weiteres a conto von 800 Euro an der Rezeption, das war hier so Sitte bei Dauergästen.
Sie retour, na, na, ein halt schon etwas zerknitterter.
Also mach dich frisch, schön bist eh!
Retour an der Tagesbar traf er Direttore Buffo mit Nicole beim italienisch Tratschen.
Hallo Herr Alois, sie sollten mal lesen was in der Aktentasche steht, nicht?
Natürlich Dottore!
Er servierte ihnen einen kalten Prosecco aus einer frischen Flasche und Wenger konnte sich an Nicole nicht sattsehen. Marcello Buffo hatte es gelesen und für wichtig befunden, sie beide mochten sich mit etwas Abstand.
Ich bestelle ihnen beiden, meinem Traumpaar ein Taxi und sie sind heute meine Gäste.
Wenger etwas überrascht, Nicole lächelte und prostete beiden zu, wobei sie Strahlenblitze aus ihren Augen schoss.
Ein gut erhaltener dunkelblauer Fiat 124 Sport mit den schönen hohen Scheiben brachte sie ins Santa Rosa. Ein wenig bekanntes Gasthaus um den Berg herum, nahe

dem Naturschutzgebiet. Er hatte davon gehört, war jedoch nicht dort gewesen. Nicole saß vorne und er hinten, ihr wurde leicht schlecht beim Fahren.
Der Fahrer, eine schmucke Madame, die nix sprach, was er zu schätzen wusste. Er ließ beim zweiten Hinweisschild halten, wollte zahlen jedoch das ging nicht. Also gab er ein Trinkgeld, bekam wortlos eine Visitenkarte und dann wurde doch gesprochen, nach ihrem Anruf bin ich in einer halben Stunde da.
Links und rechts mannshohes Gebüsch, dahinter Kiefern, helle zackige Felsbrocken, der Boden mit kleinen, groben Sandkügelchen übersät.
Sie wanderten still dahin, mittig des Weges, hielten sich die Hände und waren glücklich wie zwei junge Schulabgänger. Es wurde angenehm frisch, Wenger hatte zwei Pullover und eine Windjacke mit, legte ihr einen rum, jetzt gingen sie ganz eng nebeneinander.
Nicole erzählte ihm von Frankreich, ihrer Arbeit und dass sie jetzt viel im Außendienst sei. Werksferien gäbe es heuer keine, da die Auftragsbücher gut gefüllt in der zivilen Produktion für kleine Turboprop Maschinen und Überholungen. Es würde zukünftig die Herstellung von eingestellten Luftfahrzeugen übernommen.
Wann kommst mich besuchen, ich habe eine kleine, schmucke Wohnung In der Nähe des Rheinfalles für die Wochenenden und Feiertage. Stell dir vor mit Garage, Kellerabteil und Besucherparkplatz.
Wenger sagte nichts, wollte nur, dass sie endlos so weiterredete.
Weit draußen sah man etwas auf dem Meer blinken, ein wenig Rauchduft in der Luft und dann nach einer engen Linkskurve ein kleines gedrücktes Haus. Überraschung für ihn - alles in Holz gebaut mit dicken Stämmen und einem Schindeldach. Aus den rechteckigen Fenstern leuchtete es in verschiedenen

Farben heraus von gelb bis rot. Die Eingangstüre offen und drinnen züngelte in der Mitte ein kleines Feuer unter einem offenen Kamin. Der Raum nach oben hin frei bis zum Dach. Auf dem linken Tisch in Richtung Meer flackerte ängstlich eine Kerze. Sie nahmen Platz und warteten.
Mit einer Schwinge Holz, gehalten mit beiden Händen kam ein kleines Männlein herein und überschüttete sie mit einem Schwall von Worten. Nicole machte die Konversation.
Wir nehmen Weißwein?
Ja bitte, auf den Prosecco kann ich nicht gut schlafen.
Erst jetzt sah Wenger, dass sie nicht alleine im Raum waren, vor dem Kücheneingang saß ein großer Mann vor einem Glas Bier und las in einem Buch, neben ihm ein kurzer Wanderstock.
Nicole bestellte für beide und sie kuschelten sich zusammen und sahen zu dem Fenster hinaus, wo man ein feines Blinken auf dem Meer sah. Holz wurde nachgelegt und als Vorspeise gab es eine klare Gemüsesuppe in kleinen, flachen Schalen. Ein Korb mit geschnittenem, grobem Brot kam auf den Tisch, daneben offener Weißwein in einer halben Liter Karaffe.
Wann gehst in Pension?
Vielleicht nie, bei uns wird man gegangen oder ausgewechselt.
Nach Libyen? Vorerst nicht, Dieter ist unten und ich komme sicher nach zur Weltausstellung.
Magst du mich?
Ja und wie!
Magst du mich noch?
Nicole das ist die falsche Frage.
Wie lange?

Einfach für immer und im anderen Leben dazu. Punkt und aus.
Sie strahlte ihn an mit funkelnden Augen, das wellige Haare über der Stirne.
Es wurde eine Art Rossbraten serviert, mit dünnen Zwiebelscheiben in einer dunklen Kräutersoße, die fast schwarz. Dazu in die Mitte gestellt eine Schüssel mit dampfendem Reis mit einigen Nelken drauf. Kein Salat, angenehm.
Der fremde, stille Mann ging mit einem Nicken in die nun dunkle Nacht hinaus.
Nicole war beim Essen und wie, Wenger auch, trank jedoch mehr. Servieren tat die Köchin und der Wirt brachte jeweils die Getränke. Sie etwas rundlich mit blitzweißer Schürze, er ausgemergelt, dünn.
Wenn wir mal älter sind Lois, was machen wir dann?
Wir ziehen nach Devon, nehmen uns ein kleines Häuschen in der Nähe von Barnstaple und gehen oft an die Sands von Ifracombe und Wholacombe, oben im Nordwesten. Dann runter nach Polpero und hören den Opernsängern zu und später dann zur echten Musik ins Masons Arms in Knowstone. Und nach Ready Money zum ins Meer Hinausschauen. Nur du und ich, tanzen, lachen, trinken. Du malst, ich schreibe meine Berichte. Ansonsten verwöhne ich dich und einmal im Jahr fahren wir zur Jacinta einen schönen Schmuck für mein Mädchen aussuchen.
Gut, ich nehme das Angebot an und vergiss dabei nicht die Landtouren durch Spanien. Bist still geworden, Lois, in letzter Zeit, früher hast das halbe Wirtshaus unterhalten.
Er sagte nichts und küsste sie auf die Nasenspitze, biss leicht hinein, was sie wild konterte.
Er wusste hier nie, ob das bewusst war oder gespielt.
Das kitzelt mich noch zu Tode und du weißt das.

Wenger lachte und sie blinzelte ihn an, gut noch mal verziehen aber nicht wieder.
Es kamen zwei große Tassen dampfender Tee, der nach wildem Thymian roch, dazu gab es hohe, gelbe Schnitten gefüllt mit Vanillecreme, darunter die kleinen schwarzen Punkte der Vanilleschoten. Danach in kleinen, hohen Tassen ein heller Kaffee. Das war für Ihn ein Kantinenkaffee aus Armeezeiten, schmeckte etwas bitter und nussig. Was er sehr genoss. Wärmte einen von Innen und gab Ruhe für die Nacht.
Nicole, glaubst können wir hier übernachten?
Ich frage nach, die Antwort kam umgehend - natürlich wir haben hier zwei einfache Zimmer.
Super wir bleiben da, können sie das Taxi umändern für morgen so um zehn herum?
Gerne.
Wenger fragte der Höflichkeit wegen – il conto per favore, und die Antwort wusste er. Daher gab er ein gutes Trinkgeld.
Schau, da sitzt ein grauer kleiner Vogel am Fenstersims. Ich dachte die schlafen nachts?
Nicht alle, Nicole, so wie wir zwei, auch etwas schräge Vögel.
Das ist ein Käuzchen, das uns bewacht, das Haus und alle dazu.
Wenger lief es kalt den Rücken runter, seine Haare auf den Unterarmen stellten sich auf.
Sie gingen mit der Nachspeise nach draußen, setzten sich auf die Hausbank. Es war richtig dunkel geworden, man hörte den Wirt in ein Funkgerät reden und hoch oben funkelten Sterne in einem kalten Licht. Die Luft trocken. Ganz toll, sowas wenn es spät in der Nacht ist.
Nicole schaute sich das Zimmer an, kam zurück mit etwas Kochschokolade.

Ich muss noch was Süßes haben, sonst kann ich nicht einschlafen.
Stell dir vor, wir haben Zahnbürstel bekommen, Seife, eine Creme mit Dachsfett gemacht und Wasser.
Duschen und Morgenwäsche ist hier um die Ecke.
Sind wir angekommen, ist das das Paradies?
Weißt, Alois, ich mag eigentlich nicht mehr viel arbeiten, herum hetzen und in abschätzige Gesichter schauen. Ich mag dich, du bist still und immer für einen da, auch wenn man dich nicht gleich braucht.
Nicole weinte ein wenig.
Ich hab Angst vorm Sterben, nicht vor dem Tod.
Weißt, schönes Mädchen, du spielst Karten mit ihm und bekommst Aufschub.
Sie erschauerte und Wenger zuckte ein Nerv heiß den Rücken runter.
Durch das halboffene Fenster hörte er das stille, genaue Ticken einer Wanduhr. Die Zeit läuft uns davon.
Ich brauch dein Hemd zum Schlafen sonst kann ich nicht und du schläfst seit ich dich, wir uns kennen, nackt.
Es war kälter geworden, sie gingen in den Gastraum zurück und die seitliche Treppe hoch, vorbei am Gestühl. Das Zimmer hatte einen engen Balkon und die Blickrichtung ging über das eingeschnittene Tal hinweg zum Gegenhang.
Du wärmst mich doch?
Ja.
Die Nacht kurz und Wenger bald wach, Nicole ließ er weiterschlafen.
Zum Frühstück gab es einen starken Kamillentee, dazu geröstetes Brot und Honig. Sie wanderten die Landstraße in Richtung Talkessel dem Taxi entgegen.
So leicht und angenehm war er lange nicht gegangen.

Ich muss mir die Haare waschen und das dauert bei meinem Schopf.
Gut vorher brauche ich noch einen Kaffee mit was dazu.
Sie fuhren mit halboffenen Fenstern, er ließ das Taxi kurz vor dem Touristenstrand anhalten und sie gingen zu Fuß in den Ort hinein.
Zum Kaffee gab es Zwetschgenfleck, hauchdünn darauf kugelige Teigteile mit Staubzucker bestreut und für Nicole eine Biskuitrolle, gefüllt mit einer luftigen Erdbeercreme, bestreut mit grünen Mandelsplittern.
Das Meer und die Gegend hatten auf Postkartenwetter geschaltet.
Wir gehen zu Fuß die Ufer entlang bis zum Hotel.
Das sind gut fünf Kilometer, gut wir besorgen uns Strohhüte mit schnittiger Form, wie sie die Spanier tragen und du nimmst auch einen Männerhut. Die stehen dir besser, hast ja einen Hutkopf.
Sie nahmen einmal Größe 58 und einen mit 56 für ihren Wuschelkopf mit schmalem Band und Dreiecksform.
Jetzt geben wir einen auf zwei Vagabunden, die arbeitsscheu durch die Gegend wandern.
Genau so, Nicole, und er kaufte noch eine Flasche Wasser und etwas Mürbgebäck aus der Vitrine der Bäckerei gegenüber.
Sie gingen linke Hand, rechte Hand und es war schön.
Das Meer schaute ihnen zu, die abgerissenen Felsblöcke noch kalt und mit etwas Tau besetzt.
Nach dem Ortsausgang, vorbei an einem Übersetzungsbüro rechts hinunter auf den kleinen Uferweg, von der Hauptstraße gut einen halben Kilometer entfernt, im Morgenschatten der kleinen Häuser und Villen. Ab und zu eine hohe, zerrupfte Platane von Salz und Wind geschliffen. Nach gut einer halben Stunde, Schuhe aus und sie gingen eine kleine

Bucht aus im flachen Meer, wo die Sonne grelle Blitze vom Wasser zurückwarf. Der Wind leicht böig, was gut tat. Am Ende ein kleiner Stand aus hohem Schilf, sie machten dort Pause, tranken Orangina Original aus der Flasche und spülten den Mund mit Wasser nach. Auf der Etikette – Mindestens 22% Fruchtgehalt, ohne Farb- und Zusatzstoffe. Es schmeckte wie früher und sie trotteten weiter.
Nun kam der kleine Nachbarort in Sicht und sie stritten ein wenig, welcher der vier Zufahrtswege, die geradlinig vom Uferbereich hineinstachen, sie nehmen sollten. Wenger wettete auf die Nummer drei um zwei Vormittags-Grappa und, dass dort rechts dann die Tamoil Tankstelle stand.
Nicole sagte nein, denn man sieht ja nicht mal ein Schild.
Wenger gewann, Nicole stiftete wie sie es nun nannte zwei Tankstellen-Grappa und bekam einen Stoffanhänger mit der Aufschrift „finale grande“ dazu. Er hatte sie zum Fressen gern.
Nun ging es an die Wasserreserven ihrer Unterkunft, jedoch Hygiene muss sein. Wenger sammelte von beiden die Schmutzwäsche ein, der hellgraue Leinensack voll. Gab ihn unten ab mit der Bitte auch sanft bügeln und gut, wenn geht, extra spülen.
Nicole saß mit dem Rücken zur Sonne auf dem Verandaboden und ließ die Haare trocknen. Wenger machte ein Bild für die Ewigkeit. Sie war ganz mit Lesen vertieft und bekam nix mit.
Maus ich setzte mich an die Bar, habe was zum Lesen.
Gut und verschaue dich nicht in eine hübsche Sizilianerin, sind alle schön und gefährlich.
Es war ein dickes Bündel von A4-Seiten, eng beschrieben, was er da aus der Aktentasche nahm. Er wird sie zurückbringen, die Tasche, und was Nettes rein

geben, er dachte da an duftende Kräuterseifen, zwei Stück. Eine zum Waschen, die andere für den Gewandkasten. Was er da las war ein Stufenplan, wie man den dritten Weltkrieg global lostritt. Einfach und schrecklich zugleich.
42 Seiten Unheil und die Verursacher bekannt, samt Zwang zum Plastikgeld und einem internationalen Melderegister in Echtzeitübertragung.
Er machte davon knapp 20 Kopien und begann Kuverts zu füllen für Verlage und Zeitungen, von denen er annahm, die veröffentlichen sowas, wenigstens auszugsweise oder als Wochenendausgabe in Fortsetzung, kein Roman, sondern ein Tatsachenbericht.
Das jeweilige Medienunternehmen würde ihre Rechtsabteilung aufstocken müssen.
Buffos Büro hatte fast unerschöpfliche Reserven und so kamen sie schnell voran. Nicole mit einem wilden Eifer beim Einsacken, Kuverts beschriften und aus Wengers Einsatzkiste bauten sie einen schönen Firmenstempel zusammen:
U.A.C., s.p.a. via Barontini 39 – 42, 40138 Bologna
Aufgeben tun wir das zeitlich versetzt in verschiedenen Orten. Heute geben wir drei auf in San Vito. Wir sind hier nicht gemeldet und wenn, gefunden wird jeder und alles, na ja, fast.
Nicole hatte es kurz überflogen und war erstarrt.
Wenn das nur ein wenig stimmt, Lois, vernichtet man damit die Zukunft von Generationen.
Ist aber so, mein kleiner Teufel, die ziehen das durch, maximal mit etwas Verspätung. Wer „die“ sind wissen wir nun. Lauter alte, böse, machtbesessene Männer mit kolossalem Dachschaden.
Ein neuer Klub von unbesiegbaren Großmächten war im Entstehen mit Rohstoffressourcen samt

Umsetzungspersonal, wobei man in Richtung Kampfroboter entwickelt und die Ausführenden zu Bunkermenschen macht. Da der Dollar seit gut 40 Jahren nur eine fiktive Währung ist, kann man so einen Plan einfach über die Notenbank realisieren. Alles beherrschend die USA mit einigen Marionetten rund herum für die Nachrichtensender zur Beruhigung der vertrottelten Restbevölkerung.
Nicole las den Bericht genau wie ein Oberschullehrer im Bett, die dünne Tuchent hochgezogen. Daneben in einem Tonkrug kalter Kräutertee, ungesüßt.
Wenger fuhr inzwischen aufs Postamt, angenehm, man hatte als Fremdenverkehrsort ab 17:00 Uhr offen. Gab vier Kuverts auf, eines sandte er an sich selbst nach Molai, wo er ein Postfach hatte. 16 Euro, einfacher Briefversand, der Beamte sagte ihm, wird bis zu zwei Wochen dauern die Zustellung.
Wenger zu ihm, sind Manuskripte für die Herbstausgaben, hat Zeit und wir sparen uns Geld.
Er bekam einen langen Rechnungsausdruck, kaufte noch einige Briefmarken auf Vorrat und dünne Faltkuverts, zwei Patentschachteln für den Postversand in der EU und Versandaufkleber, wofür er 17,90 hinlegen musste.
Ging in die Agri Banca gegenüber und holte sich am Schalter 390 Euro von seinem Konto. War erfreut über Eingänge, die auch der Bankangestellten ein kleines Lächeln zuließen. Diese 5900 taten so richtig gut. Ein Bankkonto in Italien zu haben, ist nicht gerade einfach, noch besser eines in der Schweiz. Nur alles kannst halt nicht haben, in diesem Fall jedoch schon.
Nicole zu ihm als er zurückkam: Warum haben wir keine Fernsehsender angeschrieben?
Meine Liebe, die bringen sowas nicht, die Redakteure unterschlagen und verhindern fast alles. Außer es dient

ihrer Beförderung und vorher wird alles weitergeleitet an Politiker, Behörden und große Firmen, dafür gibt es ein dickes Körberlgeld. Es verschwindet, wird umgeschrieben und anders berichtet. Komm, wir fahren nach Trapani Post aufgeben, einfach wie ich erfahren habe, dauert es bis zu zwei Wochen, wenn man die günstige Variante bezahlt. Heute gehe ich mit Hose und nimm mir meinen grauweißen Mohair Pulli mit. Den mag ich.
Gut, Herr Fahrer, lüften Sie den Wagen aus und lassen Sie den Motor warmlaufen. Madame wird sich was Buntes kaufen und du bekommst einige Hemden, deine sind am Kragen meistens durch oder du gehst wieder mit abgeschnittenen herum. Schande über dich. Ich habe Angst, Lois.
Wer hat das geschrieben und wie bist du an das gekommen?
Erzähle dir alles beim Abendessen, nach der Einkaufstour und es ist ja Saldi. Mein Gott, hoffentlich sind nicht zu viele unterwegs.
Du wirst dich nicht drücken, sonst kette ich dich wo an.
Wenger gab schnell auf, sie war am Einkaufen und aus.
Sie fuhren zuerst mal rauf nach Valderice, besser gesagt Nicole jagte den Benz durch die Kurven, Dachfenster offen, die Haare wild im Wind, Sonnenbrille und die mit stoffeingenähten, ledernen Rennfahrerhandschuhe rundeten das Bild ab. Das gerollte Goldarmband funkelte in der Abendsonne. Aus dem Radio schön aufgenommen kam „Ti amo“, danach Adriano Celentano mit seinen rockigen Songs, dazwischen Ricci et Poveri und Gianna Nanini mit “America”.
Wenger bekam Gänsehaut und hielt sich rechts oben an dieser Ausstiegshilfe fest.
Ich fahr doch gar nicht schnell, denk dir hier würde Ascari sitzen.

Wenger dachte nicht mal daran, allein schon Nicole entfesselt, startete bei ihm Gänsehautwellen los.
Sie fand Posta Italiana auf Anhieb, ließ die Handschuhe durch das halboffene Fenster auf den Sitz flattern, du gehst Post aufgeben, ich gehe was trinken und wir haben keine 32 Minuten gebraucht.
Und die Wassertemperatur war dieses Mal nicht auf 110 Grad, wobei ich davon ausgehe, dass die Anzeige von dir manipuliert worden ist.
Rumps weg war sie.
Wenger war gleich fertig und hier waren die Porti eindeutig günstiger. Also standen die Poststellen in einem permanenten Wettbewerb, er sparte 3,10 Euro und das, obwohl die Post zu 80% dem italienischen Staat gehört. Der Beamte hier legt ein Kuvert auf ein unterteiltes Holzraster und es sei gerade noch A4 und nicht überdick oder so ähnlich, erklärte er es.
Nicole sah teuflisch gut aus und einfach glücklich, jetzt fährst du nach Trapani hinunter, hinüber.
Sie aßen eine kleine Portion Büffel Mozarella, bestreut mit Thymian und etwas Stacheligem darauf und darunter ein hellgrünes Olivenöl, dazu einen halben Wecken Weißbrot. Daneben, eine Kanne eines hellen, funkelnden Rotweines. Zum Schluss leckte Wenger das restliche Öl vom Teller, dafür gab's einen Klaps.
Jedoch irgendwie musste er die Promille unten halten und den Atem dazu.
Du rauchst nicht mehr, oder?
Nein, ist besser so und wenn du ein, zwei Gläser getrunken hast, bist auch gleich viel netter.
Neue Erkenntnis am frühen Abend für Wenger.
Die zweite Versendung mache ich dann in drei Tagen von heute an.
Wenger saß nicht gerne mit dem Rücken zum freien Gelände wie hier in den Marktplatz hinein, fühlte sich

beobachtet. Nicole fand im Geschäft neben der Osteria so eine Art T-Shirt, was knapp bis zu den Oberschenkeln ging in einem blauen Pastell Ton. Mein neues Schlafgewand, voll Baumwolle aus Ägypten wie heißt die noch, die mit den längeren Fasern, gekämmt und hierhergestellt, nicht in Hinterlaos und dergleichen.
Das glaube ich dir sofort, denn nach dem Preis, wahrscheinlich in der ersten Reihe Mailand gewoben.
Nicole glücklich, rein in die Tasche vom Geschäft, wieder raus, Betrachtungen, Diskussionen und was sagst du dazu?
Mir gefällst du am besten mit weniger an.
Scheusal, und sie lachte wild.
Wenger rollte die Straße entlang in Richtung Trapani, Nicole begann langsam einzuschlafen.
Dazwischen, du, macht dir das eh nichts aus?
Nein meine Maus, du weißt, ich werde nach dem Essen nicht müde.
Und weg war sie.
Schön anzuschauen, besonders von der Seite fand er. Dieses Bild wird ihn nicht mehr loslassen, damals wusste er es so noch nicht.
Er fuhr in eine Ausweiche hinein, legte ihr seinen Sommerpulli um den Hals von vorne, wissend sie genoss das. Fuhr langsam an und zuckelte weiter, kamen die LKW fuhr er ganz nach rechts und winkte sie vorbei. Die Wassertemperatur auf 90 und der Öldruck wo er hingehörte. Er tankte bei einer IP, reinigte die Frontscheibe, kontrollierte die Reifen, nahm drei kleine Flaschen Wasser mit Sesam Stangerl dazu. Nicole sanft entschlafen, wie eine kleine Prinzessin saß sie halbschief im Sitz.
Er kurbelte ihr Seitenfenster höher und fuhr das Dachfenster auf zu. Vom Meer her kühlte es schnell

herein und der Wind war böig geworden. Drückte das Tonband heraus, war ziemlich heiß, Radio auf leise. Eine Militärkolonne kam ihm entgegen, Iveco Allrad Transporter, dazwischen Schützenpanzer mit dünnen Maschinenkanonen von Oto Melara. Tolle Firma besonders im Bereich vollautomatischer Schiffsgeschütze. Für ihn etwas zu hoch über der Straße, Agusta Hubschrauber im Verbandsflug.
Nichts passte mehr richtig zusammen oder er hat den Überblick verloren.
Die Frage war, hatte er den jemals gehabt?
Heute hatte ihn Larson angerufen vom Backoffice des Commanders und mitgeteilt, keine Emails mehr, wir ändern um auf die gute alte Post, und sollte es eilig sein haben wir das in der Öffentlichkeit verabschiedete Telex-Fernschreibersystem und sogar unser Fax ist aktiv, nicht über den Rechner, sonders extra über eine einfache Telefonleitung.
Ob's hilft, Wenger war sich da nicht so sicher. 1996 begann dieser Irrsinn mit der elektronischen Post bei Ihnen und 1982 infiltrierten die ersten Schlepper Moslems über die österreichische Grenze nach Bayern hinein.
Wie „bestellt“ sein Parkplatz neben der Polizeistation leer. Daneben ein turmhoher Kastenwagen, daher Schatten dazu. Wenger parkte sorgfältig ein und ließ seine kleine Waldmaus weiterschlafen. Öffnet seine Türe und die Füße rauf über den Rahmen, bis die Zehen weiß wurden. Das linke Ohr tat ihm etwas weh.
Danke, kam es nach einiger Zeit leise rüber, du bist ein Schatz, hat mir irre gutgetan.
Kein Pudern, kein Lippennachziehen, nur die Haare etwas geschüttelt und sie war schöner als zuvor.

Gut, gehen wir mein Navigator und ich brauche heute mehr denn je deine Einschätzung und Menschenkenntnis.
Hui, das wird was werden, weit kam er nicht in Richtung Hafen und nach dem dritten Verkaufslokal wurde sie fündig für ihn, zwei Sommerhosen, drei Hemden Größe 43 mit Langarm, ein dünner Pulli, war dann meistens mehr für sie als für ihn. Und natürlich ein Sakko, teuer aber laut Nicole, sowas macht was her.
Sie hatte plötzlich keine Lust mehr zum Einkaufen, so schenkte er ihr zwei fein gehämmerte Ohranhänger in länglicher Dreiecksform. Ausgebaut aus dünnem Silberblech und anschließend gerollt, die Ränder gepertelt. Sie waren leicht, daher genau richtig, dazu einen Schal, ewig lang und kuschelig aus Merinowolle in hellbraun und weiß. Alles wurde sofort getragen und er musste nochmals zum Auto zurück seine Sachen in den Kofferraum verstauen.
Der Riesenwagen weg und nun direkt daneben ein Iveco Massiv, sah aus wie ein Landrover und genauso gut, viel stärker motorisiert, aber ansonsten bis in Spanien kaum zu sehen.
Er fand sie schnell vor einem Schuhgeschäft und nach ca. 22 Anproben, hatte sie die Richtigen gefunden, flache Schlüpfer aus feinem Kalbsleder mit geflochtenem Vorderteil. Dazu diese abgeschnittenen Socken.
Wenger musste sich orientieren und sie gingen zuerst eine Gasse zu früh, dann fanden sie den richtigen „Einstieg". „Sein" Lokal leer und verlassen, jedoch festlich gedeckt mit Stoffservietten und schönen, schlanken, weißen Kerzen in silbernen Haltern.
Der Chef vor einem Serviekasten, wo Wein und Prosecco in einem kleinen Meer aus Eiswürfeln

stecken. Er erkannte ihn und bot ihnen den gleichen Eckplatz an der Mauer an.
Nicole, nimm die Wand, ist gut warm, schau mal und das taugt dir.
Es passt wunderbar.
Das Haus schräg gegenüber, die Lichter, die Menschen, die teils eilig und langsam vorbeischlenderten. Wie der Aufzug nach dem der Theatervorhang nach oben geht und die Bühne freimacht für den ersten Akt oder war es der letzte?
19 Uhr 38.
Lois, ist das die Frau?
Wenger riss es herum. Ja genau, die!
Sie stakste wie beim letzten Mal im Eilschritt davon, eine hellbraune, dünne Handtasche an den Körper gepresst.
Ach was, jetzt bestellen wir.
Zweimal Tomatensuppe, Apero heute keinen, dafür einen lokalen offenen, trockenen Weißwein.
Als Vorspeise kamen dunkelbraune, dünne Brotschnitten, dazu fein geschnittene, nicht harte Wildbratwurst, daneben ein zart duftender, weicher Ziegenkäse. Nicole bestellte eine Fischauswahl vom Grill und dazu Zitrone, er sich ein Risotto mit Meeresfrüchten. Die Aufstriche in den kleinen Porzellanschüsseln frisch, nicht zu kalt, von Fisch bis zu Gemüse, fein passiert mit ganzen Stückchen dazwischen.
Nicole beim Essen, gestikulieren und reden.
Wenger schaute und hörte ihr fasziniert zu.
Es kam frischer Wein und eine Flasche Mineralwasser mit einem tollen Dekor drauf in hellblau, wo Firmenbezeichnung und Produktname durch ein ovales Schauglas auf der rückwärtigen Innenseite gut zu lesen waren. Nicole begeistert und Wenger steuerte bei, also

Design und Schönheit halt nur mehr in Italien, Frankreich und Dänemark. Was zu einer wilden Diskussion führte, denn Nicole war da teilweise anderer Ansicht. Wenger fuhr seine Argumente zurück und bestellte Dessert für beide.
Es kam tagesfrisches Tiramisu nur mit einem Hauch von Café am Boden und dünn belegt mit Mandarinenscheiben ohne Kerne. Die Biskotten nicht durchnässt und hausgemacht wie vom Bäcker ums Eck.
Das Haus ist besser beieinander als es aussieht, so Nicole, und dauernd bewohnt. Kein Postkasten, daher ein Postfach und bin sicher im Hinterhof gibt es ganz schön was an Platz und auch ein Auto wird dort drinnen stehen.
Das erkunden wir zusammen, ja.
Er dachte an Kiribati, die Bergmassive mit den Felsspitzen und die Ziegenjungen.
Hallo!
Bin schon da.
Sie war nun auf der Jagd. Die Fenster sauber, Blumen nicht zur Zierde und die Gardinen schön und genau eingehängt. Was Frauen so alles sehen.
Auf dem Gehsteig vor dem Haus kein Abfall und bin sicher, wird täglich gewässert.
Die festen Gitter im Parterre wie hier üblich, daher passt alles für eine kleine Kommandozentrale.
Vielleicht das Hauptquartier von Dieter und seinen Männern?
Wie weit ist es von hier zum Flugplatz?
Keine halbe Stunde, mit Eskorte noch weniger.
Dann kann es hinkommen.
Sie saßen noch immer allein über der kleinen Gasse draußen im rechten Eck beim Aufgang.
Im Innenbereich, wo es in einen Halbkeller hinunter ging mit wunderschönen Bogengängen. Am offenen

Gemäuer saßen einige sehr gut gekleidete Damen beim vertraulichen Gespräch.
Also ich weiß ja nicht, was ihr so wirklich macht, kenne nur eure Deckberufe und warum ihr dafür auch noch was bezahlt bekommt, unmöglich. Wie viele sind heuer schon gestorben?
Drei, Nicole.
Siehst, daher ist es besser du schreibst Bücher, die keiner bis wenige lesen als weiterhin hier und anderswo den Deppen zu geben für Leute und Staaten die es so gar nicht verdienen.
Wenger baff, mit so einer langen Ansprache hatte er nicht gerechnet.
Die alte Dame wieder vor der klobigen Haustüre, nickte ihnen beiden mit einem gütigen Lächeln zu und verschwand umgehend.
Nicole mit Augenaufschlag, bei der hast einen Stein im Brett.
Nur weil ich dich mitgenommen hab.
Die Türe ging nach einer Weile schwungvoll auf und eine jetzt andere Frau kam geradlinig auf sie zu.
Schickes nachtblaues Sommerkostüm, die grauen Haare zurückgekämmt und einen filigranen Schmuck, Wenger tippte da auf Platin. Orderte mit einem ihrer Krallenfinger den Kellner herbei, der umgehend einen großen Anisschnaps brachte und ein Glas Wasser.
Sie zog sich einen Sessel heran und sagte zu beiden:
Ihr beide seid ein hübsches Paar und habt euch wirklich gerne!
Kam es mit bayrischem Akzent herüber, also keine Engländerin.
Nicole 47, erfolgreich und gescheit und das Gegenüber 51, samt undurchschaubarer Vergangenheit. Sie haben dieses bezaubernde Geschöpf wirklich verdient?
Habe euch beide in meinen Listen.

Gesundheit, und sie stießen zu Dritt an.
Wenger gab ihr die Aktentasche zurück, sie öffnete, schaute hinein, schnüffelte ein wenig, mein Gott, so ein feiner Duft. Danke das ist nett von Ihnen, habe ich nicht erwartet.
Sie orderte eine Mischung verschiedener Tramezzini. Und eine kleine geschliffene Flasche gefüllt mit einem schweren Rotwein.
Für ihn nach dem Geruch Malvasia, er blieb bei seinem leichten Weißen, Nicole am Zuhören, da war sie Meisterin.
In bin Bettina, habe ihnen die Mappe gelegt und leite hier die Außenstelle seit 1949. Ich bin der Boss und Dieter mein Schildknappe. Punkt. Er ist störrisch und es ist nicht leicht mit ihm, aber ehrlich und sehr genau.
Und ihr beiden nun wie lange verheiratet?
29 Jahre und zusammen länger.
Ihr mögt euch!
Ja gnädige Frau, sagte Wenger.
Der große stille Mann, den ihr vor zwei Tagen im Berggasthof gesehen habt, ist einer von mir. Gibt es Probleme, dann ruft diese Nummer an. Sie schob eine Geschäftskarte rüber.
Josef Blauinger, stand da, Südfrüchte und andere gute Sachen. Amberg, Bavaria.
Die Welt läuft voll in ein unkontrollierbares Chaos hinein, absichtlich gesteuert. Irgendwie getrieben, damit alles, wirklich alles dieses Mal zu Ende geht mit unserer kleinen, unwichtigen Birne. Die Großen, Bösen, Mächtigen sind es sich leid und müde, wollen sterben und dabei alles zerstören. Man kann das, dieses Räderwerk nicht stoppen, es läuft schneller und schneller.
Dazwischen nippte sie an diesem Rotwein und verschlang die kleinen Brötchen.

Tut mir leid um euch zwei, ihr werdet es auch nicht überleben, aber erleben.
Nicole würde länger brauchen diese Aussage zu verarbeiten, für Wenger war es klar und kommend.
Man hört das Ticken der Uhren nicht mehr, wie denn auch.
Auf ihrem rechten Handgelenk blinkte eine Lady Rolex, kleiner Durchmesser in Platin, kleine Steine blitzten aus dem Rund des Ziffernblattes.
Sie folgte Wengers Augen und sagte, das ist der Industriestandard, nicht mehr und nicht weniger. Die Standards werden weniger, die Russen haben noch einige und dann ist Schluss.
Also Nicole, ich darf Sie doch so nennen, nicht traurig sein. Ist wie eine Hochzeitsfeier, die zu Ende geht mit einer Nacht ohne Morgen. Das hat auch was.
Nicole nun gänzlich verwirrt und fest beim Trinken.
Mein Gott, hatte sie einen Zug drauf.
Wenger schenkte ihr Wasser nach.
Ich bin eine alte Hexe geworden, war nicht immer so.
Habe meinen Mann verloren, die Kinder sind irgendwo und ich bin dort, wo ich immer war und bleiben werde.
Nur Gutes für euch beide.
Sie lächelte, zwinkerte Nicole zu, rappelte sich auf und ging schnell weg.
Ein kalter Windhauch huschte um die Ecke, Wenger sagte leise, bitte Zahlen.
Mein Herr, es ist schon alles bezahlt, sie waren Gäste meiner Chefin, Signora Breithammer. Ich wünsche Ihnen einen angenehmen Abend und bitte kein Trinkgeld.
Nun auch der verschwunden, sie saßen im Halbdunkel, Nicoles Augen leuchten matt und Wenger kramte den neuen Pulli hervor. Nicole küsste ihn als sie mit Anziehen fertig war.

Ist das wahr, Lois?
Ich denke schon.
Wann wird es losgehen?
Ich weiß es nicht, jedoch alle und viele Vorbereitungen gehen in diese Richtung, kann sein, dass dies schon angelaufen ist. Im Vatikan gibt es Leute, die wissen es früher und wer viel weiß, schläft schlecht. Die Kirche und ihre Organisationen sind besser als der Ruf und man dichtet ihnen viel Unwahres an, jedoch auch hier viele böse alte Männer.
Weißt, Jesus war ein klasser Bursch und da ist schon was dran.
Komm drück mich, mir ist so kalt geworden, was er gerne tat.
Hast meinen Schal, ja, und die schöne Tasche dazu auch.
Ihr war in letzter Zeit oft kalt, konnte sich kaum erwärmen.
Wenger machte das Angst.
Ich weiß, du magst Autos, Schiffe, Jets, Hubschrauber, daher auf zum Hafen.
Du weißt viel über mich.
Sicher.
Gut, und sie trabten los.
Er hörte manchmal Sachen, Töne, Geräusche die andere nicht wahrnahmen oder es auch nicht wollten und das trotz des Tinnitus, der ihn oft vorm Einschlafen plagte. Hier auch, dieses Scharren und eine Art von Schmatzen.
Die Gasse ging etwas hinunter und sie kamen an einem Frisierladen vorbei, offen, danach eine kleine Bar, gut besucht, alles in Holz.
Die Menschen hier wirken fröhlich und gelassen.
Der große, grün gekleidete, ruhige Mann ging fest die andere Seite hinauf. Wenger merkte es, Nicole nicht.

Sah aus wie Petar Orlovic, nur er war es nicht.
Man beschützt uns, meine Liebe.
Ach, du spinnst ein wenig, nein hast sicher recht. Hast meine Reservebrille mit, ja, meine Liebe.
Ich weiß nicht was umgeht, jedoch so mit dir bin ich froh und lustig.
Na, na, also nur nicht übertreiben.
Er bekam eine kurze Ansprache mit all seinen Unzulänglichkeiten aufgezählt und was er versprochen und nicht gemacht hatte.
Alles nicht schlimm, Hauptsache wir haben uns, schloss sie das Kapitel.
T-förmig lag der Hafen vor ihnen, die großen, weißen abgewetzten Kaisteine blinkten im Licht der Laternen fettig. Einige Hunde streunten herum, dazwischen Katzen auf der nächtlichen Pirsch.
Zurück fährst du, ja?! Ich will träumen neben dir.
Du weißt, ich fahr nie die gleiche Strecke retour, den Weg daher am Meer entlang bis kurz zur Abzweigung in unser kleines Dorf vor San Vito. Vorher schleichen wir uns durch die Stadt, vorbei an den Fabrikshallen im Nordwesten. Dann wird es ungemein schön und verlassen.
Du erzählst mir alles beim Einschlafen.
Mach ich.
Einige kleine Beiboote schoben sich hin und her, ansonsten Stille, nur ab und zu schepperte eine der Ankertrossen, Verzurrtaue. Heller im Ton, die nicht ummantelten Stahlseile, wenn sie der Wind oder die Schaukelbewegung der Boote an die Masten warf. Lichter blinkten und alles war sanft und friedlich. Keine Autos. Die Menschen gingen irgendwie mit Bedacht ihre Wege durch diese laue Nacht. Das Meer still, dunkel. Ab und zu ein Blitz am Horizont, sonst nix.

Wenger verwarf alle Rückzugs- und Inselpläne. Nein so nicht, mitten im Getümmel bleiben. Maximal etwas von der Seite sich treiben lassen. Es kommt, wie es kommt. Nicole nun schläfrig geworden, Wenger bugsierte sie sanft auf die rechte Wagenseite. Sie hielt ihn umschlungen und er hatte Mühe die Türe aufzumachen, dann glitt sie hinein. Das Anlegen des Sicherheitsgurtes bekam sie noch mit, Pause und langsames Atmen. Wenger murkste etwas herum mit seinem Gurt, da musste Silikon in die offene Trommel. Vorglühen dauerte keine drei Sekunden, dann war das Licht der Anzeige verloschen. Hier kühlt ein Motor sehr langsam aus. Bullernd startete die Maschine, er mochte dieses 5-Zylinder Geräusch. Dieses Mal Licht an und Heizung auf 22 Grad, Gebläsestufe eins für sein Mädchen.
Er fand leicht in die Stadt hinaus, alles gut beschildert und ihm gefielen diese dunklen, teilweise verlassenen Industriebauten und Gewerbeviertel, mit den offenen Werkstätten, halb beleuchteten Garagen und Tankstellen, die ihr trübes Licht auf die Straße warfen. In der Luft ein Beigeruch nach Schneidbrenner Arbeit. Ein Rettungswagen überholte ihn, sonst kaum Verkehr. Gleich nach der Stadt, begann eine Art Steppe mit groben Felsklötzen, Buschwerk und etwas weiter, die ersten Bäume, geduckt und hin gekämmt, wie eine Föhnfrisur vom Wind. Fahrerseitig das Meer, dieses Mal beruhigte es ihn, sie fuhren fast auf dem gleichen Niveau wie die Wellen am Strand. Später würde sich das ändern und die Uferböschung höher und steil werden. Kein Radio.
Weit oben brummte eine Frachtmaschine in Richtung Norden, die Anti Collission Lights flappten dahin. Es war eine Zweimot, eine müde, alte F27, die sich hier durch den zu warmen Abendhimmel schraubte mit den RR-

Triebwerken, zuverlässig, aber nicht wirklich mit viel Leistung, schon gar nicht bei großer Hitze. Er querte die Straße und hielt an, ging austreten, vorher Motor aus, wollte sein Mädchen nicht wecken.
Es war sagenhaft schön hier, was ihm am meisten taugte, diese Stille. Nicole war krank, schwerkrank. Dieses Chaos, diese neue, andere Angst würde sie nicht mehr erleben, leben müssen. Ihr war oft kalt, diese Müdigkeit und die laufenden Behandlungen, dieser schleichende Tod zerfrass sie von innen.
Wenger stieg nochmals aus, lehnte sich an den Wagen und weinte bittere, verzagte Tränen. Das zerreißt einem das Herz, tut körperlich weh. Macht teuflisch wild und verzagt zugleich.
Er stand oben auf dem Plateau, wo es in die Berge ging rechts hinein und hinunter. Dort wo Sizilien im Meer ertrank und im Winter die langen, breiten Wellen versuchten sich ins Land hineinzufressen. Nur das Urgestein dort gab was her und die Lavaüberkrusteten Strände noch mehr.
Keine Chance, Spiel aus, nichts geht mehr, finito la musica.
Das Hubschraubergeschäft verkauft, die Luftfracht hin, im Passagierbereich gescheitert.
Lustig schaun ma aus.
Jetzt hatte er wieder Geld, nicht gerade in Mengen wie Würfelzucker aber es reichte. Es gab Zeiten, da musste er Kit vom Fensterrahmen essen und der Hofer war zu teuer für ihn. Nun hatte er drei Autos, Zugriff auf Jets, Hubschrauber und schnelle Boote, flog Business Class, die Hotels hatten **** plus.
Was man liebt verliert man, wird einem weggenommen. Von wem, durch was und besonders warum. Ich spür's, du denkst an mich.

Nicole stand an seiner linken Seite. Tut mir gut und schön langsam mache ich mir mehr Sorgen um dich als um mich. Ich hab's ja bald geschafft.
Solche Erkenntnisse nahmen ihm die Luft weg und schossen Hitzewellen durch seinen Körper.
Komm wir setzen uns bei Bruno in die Küche, ich mache uns Kakao, du toastest Wurzelbrot und träufelst Honig drauf.
Wenger fuhr weiter, wie wenn er Nitroglyzerin mit hätte in einem Glashumpen, gelagert auf Stroh.
Sie hatte die Tropfen vergessen und die Reserve „pain killer" wollte sie nicht einnehmen, welche er nicht nur im Wagen auch sonst überall dabeihatte, wenn sie unterwegs waren. Unter die Zunge legen und dann fliegt einem fast das Hirn davon. Sie fanden Ciabatta Brot von gestern, genau richtig für ihren Mitternachts-Lunch. Die Küche blitzblank, die Dunstabzugshauben surrten auf Stufe eins, Nicole am Werkeln.
Buffo kam rein, Nicole, ich hab Kräutertropfen für dich von Sarah, ist die Schwester meines Bruders, in der Früh gleich nach dem Aufstehen einige Tropfen auf die Zunge.
Danke Bruno, ich weiß, ihr liebt mich alle.
Bruno winkte Lois zu, sie gingen in die Bar, noch gut besucht.
Wie geht es ihr?
Das wird nichts mehr, ist der Anfang vom Ende.
Egal was kommt, melde dich, wenn du was brauchst.
Danke, Wenger ging in die Küche zurück.
Nicole schon beim Essen und Zeitung lesen, als er kam, begann sie für ihn zu übersetzen. Sie war nun besser drauf, ich habe doch eine genommen und lass mich morgen bis acht schlafen. Nicht länger, zuerst küsst du mich und dann die Sonne. Ich will mit dir die Küste

rüber unterhalb der riesigen Felsabbrüche vom Gebirge solange bis das Meer uns nicht mehr weitergehen lässt. So wie am Ostufer des Traunsee, weisst du noch?
Wenger konnte sie nicht länger anschauen.
Also, was gibt es Neues, meine Schöne?
Gut, zuerst die Wirtschaft für dich im Schnelldurchlauf:
Fiataktien auf einem Zwei-Jahreshoch
Alitalia knapp vor dem Zusperren
Lufthansa übernimmt Regionalairline
Regierung im Rom zurückgetreten
Projekt der Auto- und Eisenbahnbrücke nach Messina wiederbelebt
Die Küstenwache bekommt vier neue Schiffe von Fin Cantieri und der Fremdenverkehr füllt die maroden Staatskassen.
Er gab ihr ein Busserl auf die Wange, stopft sich die Brotschnitten rein und bekam vom Kakao Schweißausbrüche.
Du, ich geh ins Bett, gut ich lese noch den Modeteil und Natürlich die Motorseite für dich, Info dann morgen früh.
Nicole kam um Punkt acht zum Frühstücken runter.
Die neue E-Klasse ist schön geworden, so mit einem kleinen Benzinmotor und dazu den Kompressor, das gefällt mir, und sie reichte ihm den Zeitungsausschnitt rüber.
Danke, der schaut wirklich gut aus und zusammen-geräumt.
Wenger dachte an eine Besprechung ihn Wien mit Josef von Egnatia Tours und das Gespräch danach von Gina mit Wolfgang, einem der Einsatzpiloten. Er las die Einsatzberichte von Kollegen, die in angrenzenden Staaten tätig waren und die drei nun im Vorzimmer nicht mehr im Sitzungssaal, in dem wunderschönen

Gebäude aus Monarchiezeiten, mehr ein Museum als Einsatzzentrale.
Die Mikrophone auf aus, wer's glaubt, er hatte vor Jahren schon seine Zweifel, dass alles auf Band läuft, jedes Gespräch, Telefonat einfach alles.
Die beiden hatten ihn vergessen und Gina sagte zu Wolfgang: Ich habe dich gern. Du kannst meinen Körper haben. Lieben tue ich dich nicht.
Es ist die Hölle und brennt einem das Herz raus, wenn man zwei Menschen zum Leben braucht.
Ihr Mann starb zwei Jahre später in der Nähe des Flughafens von Beirut.
Sowas steht nicht unter Todesfälle in der Kronenzeitung. Wolfgang flog immer noch seine Einsätze und konnte sie nicht vergessen. Sarajevo raus hatten sie ihm fast das Seitenleitwerk weggeschossen.
Unterwegs für VW und MAN, wer's glaubt.
Zehn Deka einer groben Salami auf drei Scheiben Roggenbrot können viel oder wenig sein. Alle Mörder kommen aus dem Emmental und die echten Verbrecher sitzen in den Schreibstuben und Vorzimmern der Ministerien weltweit. Die Minister meist ahnungslose Trottel oder sie verstellen sich geschickt.
Er küsste Nicole knapp am linken Ohr und flüsterte hinein – gut schaust aus.
Ein Blick von ihr mit der Bemerkung, du Schlingel hast doch gerade an eine andere gedacht.
Stimmt, nur diese andere ist nicht meine andere.
Es gab hausgemachte Orangenmarmelade mit etwas Marillenschnaps drinnen. Kam ihm halt so vor.
Eine gute halbe Stunde später waren sie am Strand, den kleinen Rucksack gefüllt und den geflochtenen Sonnenhut aus Altea für ihn mit. Mit ihrer Haarpracht brauchte sie da nix. Wenger in Hemd und kurzer Hose,

Nicole wie aus dem Modejournal mit einem luftigen Strandkleid und darunter einiges vom gestrigen Einkauf, den hauchdünnen Schal um.
Ein leichter Landwind fächelte herum und es war angenehm kühl als sie losstapften.
Pause bei der ersten verlassenen Thunfischfabrik oder den Becken weiter hinten?
Wo du willst, als dann bei der Halle da gibt es Schatten, einen Steg für dich zum Schwimmen und ich habe dich im Auge.
Weiter im Land drinnen, frisches Grün, kaum Verkehr auf der Uferstraße dazwischen, die bald enden würde und die Hausfrauen beim Wäscheaufhängen, der Waschmittelduft kam von Weitem daher.
Unsere Wäsche?
Habe ich abgegeben.
Bruno wird uns abholen kommen, wenn wir zu müde sind für den Rückweg.
Toll, und etwas später zog Nicole ihre Runden im flachen, hellblauen Meer und Wenger schaute ihr zu.
Eigentlich so wie immer, eine Momentaufnahme ohne Sorgen und Angst.
Und doch, als sie zurückkam, ging er ihr entgegen mit dem blauen, dünnen Badetuch aus Dalaman und begann sie abzuschruppeln.
Weisst, im Wasser war heute viel Luft, hab es auf der Haut gespürt. Die hat mich herumgetragen wie eine Art Aufwind.
Ich hab Angst.
Ich auch, und sie lachten fast gleichzeitig los, nicht schrill, sondern leise.
Was machst du dann ohne mich?
Ich fahre dich rum in der Urne am Beifahrersitz und gib deinen Lieblingsschal darüber, natürlich angeschnallt.
War so zu einem Ritual geworden bei Ihnen.

Und wenn dich die Polizei aufhält und fragt?
Dann sage ich Ihnen, du hast heute Ausgang bekommen und ich bin ja nur der Chauffeur.
Genauso wirst es machen.
Der Rucksack wurde leichter, sie schlüpfte in eine dieser italienischen Jeans die richtig lustig ausschauen in dem hellen Beige mit den aufgenähten Taschen, dem dünnen luftigen Stoff.
Jetzt musst hinter mir gehen.
Warum?
Weil mich sonst dein Po verrückt macht.
Du bist wirklich ein Depp.
Also wir gehen nebeneinander, und sie kneifte ihn in die rechte Pobacke.
Wenn ich jetzt sterbe, was dann?
Ich lege dich sanft hin und sterbe ein wenig neben dir mit.
Tingel, Tangel, dong , dong. Ihr Mobiltelefon im Rucksack machte Lärm.
Wegwerfen oder abheben?
Annehmen.
Wenger ins Telefon: Grummel, Grummel, hier spricht die Außenstelle der PLO. Wir nehmen keine Anfragen entgegen sondern nur Spenden ab 100`000 Dollar.
Lass den Blödsinn, ihre Schwester war dran, und gib mir Nicole.
Nach einigen Minuten Wasserfallgerede - alles gut, ja, weisst, ich will nochmal nach Bad Kissingen, in diese wunderschöne, stille, dunkle, altdeutsche Pension.
Machen wir.
Und dieses Mal gewinne ich im Casino und du schmachtest in der Dampfsauna.
Gut, zwei Minuten.
Es kam schnell, präzise, aussichtslos. Begleitet von Frohsinn, Stärke und Verzweiflung.

Was blieb, Sehnsucht, Trauer und das nicht Verstehen - eine fragende Stille nach Fehlern und Versäumnissen.
Wenger saß, stand an einem der Außentische der Bar, die gleich nach dem Friedhof kam, der direkt am Strand lag, schräg vis a vis der Kirche zu einer heiligen Maria. Der Wirt dort machte Dienst bis Strich acht Uhr, dann übernahm die dunkelhaarige Graziella.
Sie tranken einen frischen, kalten Friulano, dazu stilles Wasser und ab und zu ein kleines Weißbrot mit Parma-Schinken drauf. Die Abendsonne schaute von links herein, daneben Kisten gefüllt mit leeren Prosecco-Flaschen. Alles hier hell und sauber.
Einige Einheimische beim Apero nach der Arbeit, es ging gegen sieben Uhr zu.
Er war traurig, verlassen, deprimiert mit einem wilden Schuss Wut im Bauch.
Nur gegen wen und für was?
Das späte Mittagessen im Restaurant vom Hotel Sarah ausgezeichnet, er durfte neben dem Familientisch Platz neben, der Chef servierte.
Nur sie war nicht da, nicht mehr da.
Er wohnte im Stella Mare, bewacht von Frau Victoria.
Gianni gab ihm die Hand, du zahlst hier nichts.
Ich muss gehen, es geht mir nicht gut.
Wenger den Tränen nahe.
Er spendete beim Armenzentrum hinter der Kirche und wanderte halb blind weiter zu Eno. Bestellte sich einen top Weißwein, dazu Käse auf Honigstreifen und Brot.
Bis auf einige Textilleute niemand da, eine nette Blondine trank allein gegenüber dem Tresen.
Er saß dort neben der kleinen Küche, dem Garofen und schrieb die Seiten in seinem Conceptum Büchlein voll.
Er war leidlich angezogen, das Sakko von Trapani mit Hemd, dazu eine blaue, dicke Jean. Ihm passte nun

wieder alles von früher, hatte zwölf Kilogramm verloren.
Die Katzen, wie früher, gingen auf ihn zu, ließen sich am Kopf knoppeln und gingen ihrer Wege. Sie verstanden ihn.
Von Eno einige Schritte die Treppe rauf und oben angekommen auf der schönen Uferpromenade des Stadtdammes. Er marschierte nach Westen, bis die orangerote Sonne am Horizont im kühlen Meer versank und noch weiterstrahlte in den Himmel. Zurück dann tiefer, vorbei am Matrosenlokalas, das gut besucht von seinen Mitgliedern, und er die Postgasse hinunter. Am Eck nach der Posta Italiana seine Bar, wo man gut isst und es zu jedem Getränk eine Kleinigkeit dazu gibt.
Er mochte diesen Platz, weil Nicole hier glücklich war und oft leise mitgesungen hatte. Es gab dort noch echte Musik, ohne Strom.
Ein winziges Podium nach der Eingangstüre rechts, dahinter ein Gastraum, darüber auch.
Er stand an der Bar, wo die Schneidmaschine arbeitete, darüber auf zwei dunklen Tafeln die Weine. Er genehmigte sich die Weißweinliste bis auf zwei liebliche von unten nach oben. Besser wurde davon auch nix.
Rund herum Italiener und alle beim Reden und sich austauschen. Nicht laut, sogar mit Würde.
Die Sängerin, eine Deutsche mit toller Stimme, der Gitarrist aus Sheffield. Man kannte sich, es gab keinen Musikbeitrag zu zahlen.
Er ging in Richtung Hauptplatz, die eine Seite entlang bis zur Abzweigung an den Strand. Die Friedhofsgasse entlang, der Durchgang versperrt, daher die Gerade runter.
Ihm war schwindlig, nicht vom Wein, sagen wir halt, dann sind er und die anderen beruhigt.

Das Meer eingeschlafen, einige Hotelzimmer beleuchtet, die Restaurants geschlossen. Es war lau, daher ging der hinunter bis zum Belair, zurück dann barfuß am Strand. Ein halber Mond spielte Beleuchtung und aus der Bar von der Villa Olga trug es Stimmen herüber. Es wurde kühler, er machte sich den oberen Hemdknopf zu.
In der Rezeption ein Unbekannter, Wenger schoss zuerst, dann Gianni von der Treppe runter. Der Mann mit Schnauzbart fiel in sich zusammen.
Gehört hat niemand was, komm wir fahren, du musst morgen nach Trapani. Alles andere hier erledige ich. Kannst mit einer C130 mitfliegen, gleich hier um die Ecke vom Militärflugplatz.
Nerven hatte der Typ keine oder doch.
Wengers linke Hand zitterte leicht, nicht lange. Er hatte gemessene 61 Puls, was viel für ihn war.
Mein Gott, oh Gott, was für ein Leben und warum!?
Gianni fuhr, Wenger schraubte die Schalldämpfer unter und lud die zwei Berettas nach, riss sich den linken Daumen auf. Seine Augen brannten etwas vom Salz.
Jahresbesprechung ist im Kastell van Nieuwland, Flo aus Aarschott wird da sein.
Nur Nicole würde nicht mehr da sein.
Lois Wenger wusste vom Wenigen zu viel. Das machte anderen Angst und einigen ein schlechtes Gewissen.
Mache was gut ist und mache es mit dir.
Das rote Grablicht flackerte wie ein betrunkenes Sturmlicht in den Stoven.
Windstille, verlorene Seelen suchten den Weg.

Servus Mädchen!

Ich hatte in Cambridge zu tun, im Universitätsstadtteil vorher auf Schloss Blenheim gewesen, zugehört.
Die Weihnachtsausstellung, traumhaft, kindlich und schön. Gin-Punsch getrunken, sich herumtreiben lassen, dazu frische Cranberry Mince Pies!
Der Küchenbereich gut geheizt, ein leichter Duft von Nelken und Orangen in der Luft. Ich wanderte in ein mit Lichterketten behängtes Cottage hinüber vom Palace.
Zarte, trockene Schneeflocken wirbelten langsam von oben, etwas in den Wind gedreht nach Süden.
Trockene Wärme, trank einen Orange Pekoe aus einem Fine Bone China, hauchdünn, daneben ein Glas Single Malt von John Grant.
Mir ging es zu gut oder auch nicht.
Liebe ist, Liebe kämpft nicht, sang Nena vor vielen Jahren.
Du gehst in ein Tal hinein, die grünen Hügel, der sandige Weg. Wind lupft durch Laubbäume, die Blätter sprechen mit dir, reden von Liebe, Vergangenem und Vertrauen. Verlieren tut weh.
Nun saßen wir da, ein Abendessen in einem kleinen Restaurant in der Altstadt. Die Leute herum kaum wahrgenommen, Statisten. Ich wusste nicht, ob oder was ich gegessen hatte. Zuerst ein Glas Rotwein getrunken, dann einen Whisky auf mildem Wasser von den Snowdonia Mountains. Später einen Brandy, hatte schon dreißig Jahre keinen mehr getrunken.
Wir saßen da, schauen uns an, redeten und redeten.
Die hellblauen Augen mit goldenen Tupfern, das wilde verwuschelte, dunkelblonde Haar.
Fingerspitzen trafen sich, zuckten zurück. Ein Glitzern im Gesicht, um die Lippen ein zögerndes Lächeln.

Ich bin, ich war, werde sein, im Nichts.
Mein Gott, ist sie schön, ein grüngoldig schimmerndes Cocktail-Kleid an, ziemlich kurz. Alles stimmte, der Duft, die Bewegungen.
Ich mag dich, wünsch dir Gutes. Hab eine gute Zeit.
Etwas später, eng aneinander gekuschelt den Gehsteig die Straße entlanggehend, verwöhnt vom Licht gelbscheinender Straßenlaternen, sie lehnte dabei schräg an mir beim Gehen.
Die Augenbrauen, seidige Wimpern und ein zarter Flaum unter den Backenknochen.
Morgen heiratest du.
Kein Warum nur etwas Wasser in den Augen.
Mein Gott, bist du schön.
Wir hatten uns, wir haben uns, sagte Karen, zu mir, zu sich - ich weiß es nicht.
Sie gingen in Ihr Stadthaus hinein, die enge Treppe hinauf. Ronny der Kater stand Wache, die Ohren gespitzt in seinem Winterfell, noch nass von seinem Streifzug über die Dächer.
Du kommst morgen, Mutter freut sich dich zu sehn.
Ja Mädchen, ich komm auf deine Hochzeit.
Ich hörte sie atmen und lautlos Weinen.
Warum nur, nicht fragen.
Ich ging die Rex Hole Road in Richtung Stadt zurück.
Der Himmel nun blassrot, dunkel eingefärbt. Hutrand über die Ohren, Schal um den Mund und ich sollte sie in dieser Welt nicht wiedersehen.
Jahre später in Salamanca, tief in der Nacht spürte ich ihren Duft. Hab sie verloren für immer, nicht vergessen.
Mein Gott, warum nur? Oder deswegen!
Er trank bei Eno einen Valpolicella, dazu Käse auf Honigspuren.
Der wie oft kratzbürstig und doch lieb.

Später wanderte er ins Claudio, der schweigsame Wirt nicht mehr da auf dieser Welt, seine schöne, schwarze Madonna, wer weiß wo.
Den flachsigen, dünnen Kellner gab es noch, er wagte nicht ihn zu fragen warum, wieso. Bestellte eine klare Fischsuppe dazu einen Grappa aufs Haus und einen trockenen Friulano.
Die Nacht leben, am Tag sterben.
Wenger ging knapp am Wasserstreifen den weichen Strand hinauf bis zur Pension Olga und zurück zum Stella Mare.
Sie, man, wer, er wusste es nicht, hatten ihm viel von allem genommen.
Südlich von Cacares sagte sie ihm, ich werde sterben, nicht mehr lange. Mir ist so kalt. Ich spür den Tod, die ewige Stille in mir. Kauf mir nichts mehr zum Anziehen. Oh doch.
Er hatte es gewusst, geahnt und gespürt.
Sie standen am Wegrand vor einem wogenden hellgelben Weizenfeld. Absolute Ruhe und Trockenheit.
Ich würde sie verlieren und weinen.
Hab schon viele, so viele verloren, geh den Weg alleine.
Wohin und wie?
Liebst du mich, küss ich dich oder auch nicht.
War so ein Spruch von Ihnen.
Mein Gott, war sie schön und niemand half dir. Einige ahnen was, Fremde spürten das. Die Großmutter und Wirtin am Strand von Plitra, das kleine Wirtshaus am südlichen Ende.
Sie gab ihr die Hand, nahm den Kopf ganz sanft in beide Hände, küsste sie und ging davon. Sie wusste.
Von Gefira, den halben Weg in die Unterstadt von Monemvasia rauf, die schöne stille Bar mit Durchblick aufs Meer hinaus. Postkarten schreiben, Erdnüsse als

Kalamata essen, kalten Malvasia Wein trinken und glücklich sein. Nur das und sonst nix.
Wenn man so verbunden ist, verliert man.
Was die Leute über einen reden, sie kennen dich nicht, wissen nichts von dir oder wenig und verbreiten Dummheiten und selbst Ausgedachtes. Richten sich die Welt zurück und leben ihre Unzulänglichkeiten aus.
So wird die Welt zerstört.
Lois, du verlierst deine Hose, wenn du so weiterlebst, lasse dir beim Schuhmacher, der neben der Metzgerei ist, Löcher hinein stanzen.
Danke, mein Freund.
Ich wusste nichts über ihn, er doch viel über mich.
Und ich, wusste doch so viel und konnte, wollte es nicht verwenden.

THE DEVIL IN THE TIN CASE - DER TOD SITZT AUF BANK NUMMER VIER UND Niemand kennt ihn und wo sitzt du?

Eine Geschichte, war das keine, nicht?
Die Stillen waren die Mächtigen, sie waren vor Dienstbeginn in der Firma, machten Überstunden freiwillig und unaufgefordert. Regten sich nicht auf, wenn diese spät oder nur teilweise vergütet wurden. Prüften nicht, ob ihre Spesenabrechnung ordnungsgemäß überwiesen wurde. Von der Buchhaltung bis zum Verkauf - man liebte sie, die Stillen. Andere machten Karriere, sie, langsam gefährlich. Zuhause schalteten sie den Staatsrundfunk ein, zahlten die Gebühren termingerecht. Ihr Mobiltelefon zehn

Jahre alt, benutzten es wenig, nicht auffallen. Fuhren ein noch älteres Auto ohne Elektronik, verwendeten kein Navigationsgerät.
Die Winterreifen waren neu und zeitgerecht montiert, das Auftreten unmodisch, zurückhaltend.
Sie wechselten nicht den Stromanbieter und nahmen dankend diese Freistromtage an, wissend, dass es sich um ein Groschengeschenk handelte. Der Fernseher kaum an, die Bücherecke mit der gelben Lampe montiert an einem Messingständer bis tief in die Nacht an. Wasser und Kanal auf Minimum, die Wohnung peinlich sauber. Die Urlaube verbrachten sie meist in denselben Ländern und Orten, mieden Flüge, bevorzugten Bahn, Auto und Schiff.
Dort liebte man sie, wurden geachtet. Von ihren Freunden achtungsvoll mit der linken Hand begrüßt. Vom Petit Dejeuner bis zum Abendessen, ihr Sitzplatz war reserviert, egal ob in Italien, Spanien, Griechenland und anderswo. Ihr Auto obwohl schäbig aussehend, wurde geparkt.
Das Bankkonto im Plus, die Kreditkarten wenig benutzt, der Kontostand zeitgerecht ausgeglichen oder vorher mehr überwiesen, wenn man absent war.
Einer dieser stillen Diener war Franz, ein leiser mächtiger Mann, falls man bei ihm überhaupt eine Geschlechtszuordnung machen durfte. Manche Politiker und Wirtschaftsbosse wussten zwar warum, jedoch nicht durch wen sie ihre Posten und Einkünfte verloren hatten, weggesperrt waren, in nicht immer eine gute Pension verabschiedet, mit der Auflage sich zu nichts, zu rein gar nichts zu äußern.
Andere still verstorben, verunfallt, die Treppe hinuntergefallen bei einem Jagdausflug in Tschechien, na ja, zu viel Alkohol im Spiel.

Oder einfach auf Bank Nummer sieben oder war es die Nummer vier, zusammengesunken, weggeschlafen, ein sanftes Herzversagen in Oberösterreich, oder war es doch in Husum neben der Rumbrennerei?
Die schwarze Luft hatte sie geholt, die wenigen Freunde hatten sie nicht begleitet.
Die Stillen bekunden Obduktionsergebnisse auf ihre humane Weise. Neuerdings auch bei Frauen, die Quote musste stimmen, wenigstens ungefähr. Firmenverkäufe werden erzwungen, Zukäufe beauftragt. Andere eröffneten Geschäftsfelder, von denen sie Angst hatten. Nur sie mussten.
Die Stillen, Unscheinbaren regierten die Welt, nie richtig betrunken, nicht ausfällig dem Ziel verpflichtet. Bilderberger, Freimaurer, der Club of Rome, diese füllten Tageszeitungen und sonstige Medien, Unwichtige, die sich gerne reden hörten. Von den Stillen ist da nichts zu lesen.
1,5 Milliarden dumpfe Staatsbürger, dazu einige Millionen Touristen wollte man überwachen, sagte schmunzelnd Nummer drei zu Nummer eins. Wer auch immer das sein wollte oder wäre, sie schafften nicht mal uns drei!
Ein gackerndes hi, hi, hi folgte.
Nummer zwei zu den anderen gewandt – zwei. Kulturrevolution ist angesagt, da können wir doch den Staatspräsidenten direkt damit beauftragen in seinem Namen das alles wegzufegen. Wir lassen es krachen, dass die halbe Welt ins Wanken kommt. Dieser, na wie heißt er doch, unterschreibt so gerne Dekrete, vielleicht sogar seine eigene Absetzung.
Und wann soll das sein, fragte leise Nummer drei.
2023, denn für 2024 habe ich unsere Austritte samt Firmenzusatzpension angesucht und genehmigt.

Was wir so alles machen, um die Welt zu erhalten, sind wir doch die Netten. Sie machen freiwillig Urlaubsvertretungen, springen bei Krankenstand ein, murren nicht, kommen Sonntags Abend in den Betrieb um am Montag um sieben zur Stelle zu sein, ausgeruht, gefährlich frisch.
Sie haben vieles im Griff und der vermeintliche Chef sonnt sich in seiner Macht und totalem Nichtwissen, wer hier eigentlich wirklich führt, wohin und bestimmt. Aufsichtsratspräsidenten, Geschäftsführer und sonstige Defraudanten werden über Nacht ausgetauscht, Pressebilder verschwinden und nur die Fahrer ihrer Dienstwagen und Piloten der Firmenjets bekommen das ein wenig mit. Die Kopfnicker schweigen und dienen weiter.
Es war genau mit dem Summerton 22:00. Drei Stille wussten, dass jetzt ein Premierminister seinen Rücktritt bekanntgab, bekanntgeben musste.
Diesen grauen Sender kannten wenige.
Der Tod saß nun auf Bank Nummer vier und wurde auf die Reise geschickt, die Welt von einigen zu befreien, die es übertrieben hatten.
Aus dem Radio daneben monoton die Durchsagen der Windstärke der Nordsee vor East Anglia. Ein Schaudern ging durch den Raum, kam gekrochen wie die Nebel in Oregon vom Stillen Ozean herein. Nur der Apfelschnaps fehlte.
Gab es ihn noch, den, der manchmal vergaß, das Kupplungspedal zu treten und sein Bruder, der Maulwurf ihm seine große Liebe gemordet hatte?
Der Teufel hockte in der Zinndose, wurde noch nicht rausgelassen und lachte rasselnd vor sich hin. Er wusste seine Stunde, sein Zeitalter würde kommen.
Franz auf dem Weg in die Lohnbuchhaltung seiner Firma. Nummer zwei und drei saßen vor ihm in einem

kahlen Stahlbetonbau, in noch ärmlicheren, durchscheinenden Plastiksesseln, die Schweißbäder verursachten.
Nun wir haben genau 136.742 Mitarbeiter. Weltweite Diener des Großkapitals in unserem kleinen Kaufladen, mit Datum von heute, Weltzeit 16:32.
Blicke wurden ausgetauscht.
Nummer zwei zu den anderen, 1747 werden ihren Arbeitsplatz verlieren, ich mag diese Zahl und eigentlich reizt es mich selber, ein wenig weg zu rationalisieren.
Nummer drei, stilles Gekicher, du bist ja ein ganz Böser.
Nummer eins, wer hat das angeordnet?
Niemand, nuschelten Nummer zwei und drei.
Wer kommt dran? Nummer drei süffisant - schaut euch die Liste an.
Du kennst da einige, die dich, uns beleidigt haben.
So werden wir keinen Firmenparkplatz im Werk in Milford Haven bekommen.
Oh doch, sind schon reserviert.
Die Optimierungsfirma auch Singapur wird diese Kündigungen durchziehen nach unserem Vorschlag, obwohl sie das ja gar nicht wollen. Danach kündigen wir den Vertrag über die Rechtsabteilung, Sektion IV in Beelitz.
Und uns kann niemand was?
Nicht doch, im Oktober stellen wir, sagen wir 1.872 neue Mitarbeiter ein. Vor Weihnachten macht sich das gut.
Völlig Unproduktive, die sich erholen können und sollen.
Ledige Mütter, Gestrandete, über Fünfzigjährige. Die Medien werden uns zujubeln.
Und wer ordnet das an?

Wir machen das, in unserem Konzern kann sich jeder alles genehmigen. Man löst sich auf, jeder geht seine Wege.
In seiner abgeschabten Aktentasche hatte Franz die Tagesjause in einer Blechdose, eingewickelt in Butterbrotpapier, Tupper war nicht seins. Dazu in Edelstahl von einer Schweizer Waffenschmiede eine Thermoskanne, nicht Made in China. Drinnen bitterer schwarzer Kaffee.
Im Oberleitungsbus, der gerade am Flughafen vorbeiruckelte, bot er einer älteren Dame mit einem Lächeln seinen Sitzplatz an und nahm Maß an denen, die nicht aufgestanden waren. Sie waren tot, wussten es nicht, fühlten es vielleicht beim Starren in ihre Telefone. Sie redeten zu viel.
Ein Stiller hatte die Macht und ließ telefonieren.
Die Lauten, hatten Angst und telefonierten.
Er würde zu Anni fahren, sie machte einen guten Eierlikör.
Hof/ Elia/Trapani 2018.

TOD UND TEUFEL LIEB ICH SEHR, AUCH HIMBEEREIS MIT HEIDELBEER

Der knullige, grauweiße Kater holte sich jeden Abend Futter. Er ließ es sich schmecken im Schein einer roten Friedhofskerze, die ängstlich vor sich hin leuchtete, geschützt in einer Laterne mit drei Glasfenstern, die vierte war in Italien.
Er beobachtet dabei den Berghang und manchmal blickte er zur Wohnzimmertür rein. Woher die Katze kam wusste Wenger nicht, wohin er seine Spuren durch den weichen tiefen Schnee zog, schon.

Ein langer, grauer Winter war übers Land gezogen, der Tod fror mit. Die kalte Wärme der Zentralheizung wurde von der wohligen vom Kachelofen gemildert. Wenger schleppte täglich Holz ran. Buche zum Heizen und fürs Anzünden eine trockene, gut riechende Fichte, vermischt mit etwas Lärche, die beim Anbrennen krachte, vom vielen Harz.
Er würde zu wenig haben von seinem Stoß an der Hinterwand, jedoch weiter weg beim alten Pflaumenbaum, da waren noch gut drei Festmeter als Reserve. Sogar die Blumenstöcke trauerten vor sich hin, die Bussarde ins Exil geflogen, der Wald erstarrt. Außer einigen fliegenden Ratten, seine umtriebigen Amseln war wenig Getier unterwegs. Er fütterte sie mit Apfelstücken, Katzenfutter und dem Überwasser der Quelle von weiter oben. Sein alter Citroen täglich zugeschneit und angefroren. Er musste den Wagen warmlaufen lassen, früh am Morgen bis es für ihn im Innenraum nach 15 Minuten erträglich wurde. Heute früh minus 20. War froh, dass er einen Benziner hatte. Der Picasso, das beste Auto der Franzosen, nach den „Zwei Pferden".
Es geisterte herum im alten Haus, dort ein Rascheln hier ein Knacksen. Licht flackert, niedrige Spannung und die Angst ging um, nicht bei ihm.
Seit drei Jahren zog er nun allein durch halb Europa, vergessen und irgendwie unverstanden. Mied Menschen, hörte lautlose Stimmen und Schatten begleiten ihn. Wohin und wieso, er wollte es nicht wissen.
Dieter verschollen, Ludmil irgendwo im Pirin Gebirge, Karin in Itzehoe, wenn überhaupt wo, Doris in einer anderen Welt auf der Suche nach Hanns. Tolga nach Boston verzogen, Thanos plötzlich verstorben und Andre still in Erfurt. Nur Aleksander, der Halbrusse

aktiv und wie, verdiente dazu noch mehr Geld als er ausgeben durfte. Boris in Jekatarinenburg in seinem überheizten, kleinen Büro erfolgreich im Import-geschäft, still und gewissenhaft.
Was für ein Leben, wenn da nicht Tremoletto wäre, der Mareschallo und das Cavalino In Creazzo während der Nacht. Tagsüber lieber in Costozza, vergessen und unbeobachtet. Nizza eine Enttäuschung, in Cannes verliebt und bei Termini fast ersoffen unterhalb des Etrusker Turmes. War er gesprungen oder hatte man ihn geschubst von dem wunderschönen Gaffelschoner? Seine Schwimmkünste mit Blei beschwert und er traute diesem Element nicht. Das wussten einige an Bord. Vom Meeresgrund bis an die Oberfläche waren es gut 14 Meter. Die hätte er fast nicht geschafft. Oben angekommen, dann tiefe Nacht und ein Blinken der Positionslichter, das Schiff verschwand schnell, zu schnell. Es war ein Schiff, kein Boot.
Er hatte Glück, das Wasser angenehm warm, nicht wie in der Bucht von San Franzisco wo er noch im August gefroren hatte. Der Landungssteg gut ausgeleuchtet, brauchte doch mehr als eine halbe Stunde.
Er war sowas von kaputt und mit einem „wird schon“ kam er drüber.
Schwimmen war nicht seins und die Tiefe, die mochte er gar nicht. Giovanni wartete dort auf ihn, hab‘s gesehen, kein Boot mehr hier, die haben es gut vorbereitet. Also lassen wir dich nun wirklich sterben. Wenger schauderte und ihm wurde heiß. Sein linker Oberarm zog böse, er hatte einen Krampf im rechten Unterschenkel.
Im steingemauerten Bungalow eine große, trockene Wärme. Er duschte und fühlte sich danach stark und sicher. Mit dem Fiat 500, einer mit Handstarterzug

fuhren sie die enge, windige Straße bis zum Ort hinauf. Sand knirschte weg, der Motor lief hochtourig, luftgekühlt.
Ich bring dich zur Frau Senator, die alte Dame hat dich gern und in drei Tagen hast neue Papiere, Pass, Personalausweis, Führerschein. Du bist halt vor vier Jahren gestorben, nur, wer weiß das schon.
Die Sterne und ich. Ich weiß nichts darum lebe ich.
Hol dich um neun herum zum Essen ab, dann wissen wir mehr.
Kommt sicher keine Vermisstenmeldung, über Bord, einfach gar nix.
Es gab Kräutertee, trockene Keks, Bröseldinger und einen sagenhaften, nicht zu süßen Limoncello.
Die steingemauerte Villa mit den hellblauen Balken, frisch und offen.
Er hörte brav zu, unterbrach wenig und fragte einige Sachen nach. Sie war eine ergraute Schönheit, geachtet von der Polizei und der Gegenseite, geliebt von der Kirche und Bauern. Ihr Mann der Comte auch in einer anderen Welt und sie litt still.
Jetzt sind wir beide allein, ich habe sie sehr gemocht. Es war 1976 als ich euch beide das erste Mal getroffen habe.
Giovanni stand um halb vor zehn an der Verandatüre und klopfte sich herein. Wenger bekam einen Kuss auf die Stirn und war entlassen. Er servierte ab, das tat er seit sie sich kannten, war ihr Ritual. Nun waren sie in einem hellblauen, neuen Fiat Punto unterwegs.
Das ist dein Wagen für Trapani, damit fällt niemand auf. Für die Carabinieri, die mögen uns, ein Leihwagen ist er aber nicht.
Etwas aufgepeppt, Abarth Version mit 140 PS auch das sah man, hörte man nicht, was das Wichtigere dabei

war. Stahlfelgen mit Plastikzierteilen, sowas ging gut durch. Turbo Benzina, die Kiste ging weg wie Hölle.
Wusste nicht, dass du ein sportlicher Fahrer bist.
Mein Freund, du weißt wenig, was gut ist und daher lebst noch.
Sie fuhren in Richtung Meer und Wenger verlor zusehends die Orientierung, bis sie plötzlich vor Giovannis Haus standen. Eine Festung mit Steinmauern Drapiert, sogar das Dach aus Stahlbeton mit aufgeklebten Ziegeln. Seine Helfer, zwei Mann warteten da, wie er sie nannte, übernahmen den Wagen und still gingen beide ins weitläufige Haus hinein.
So viel Glück wie heute Abend hast nur einmal, von deinen sieben Leben sind nun fünfe weg, mein Lieber.
Eine Ahnung hat mich unten sitzen lassen, als ich sah, kein Boot, einfach nichts mehr da und ihr weg.
Sag mal, warst besoffen?
Nein, keine Spur, mir war schwindlig.
Giovanni, der Stille mit Edelstahlbrille, die eine tödliche Waffe sein konnte. In einer Ecke des Speisezimmers gab es ein Knacken, es wurde kälter draußen.
Ein Brenner sprang an, nach einigen Minuten spürte er Wärme von einem langen, weißen Heizkörper mit der Aufschrift Ital Design. Suza servierte Köstlichkeiten und dazu einen trockenen, weichen Weißwein.
Sie redeten wenig, jeder hing seinen Gedanken nach.
Heute ist Dienstag, am Freitag bin ich zurück und du bleibst im und am Haus. Ausgang gestrichen. Roberto und sein Bruder passen auf.
Egal, was du hörst oder siehst, du machst nichts alleine.
Hier die Straßenkarte, du bist ohne Navi und Telefon unterwegs.
Die Tour für dich: gehst direkt von hier über die Schnellstraße über Salerno nach Potenza. Dort runter

und hinüber nach Matera, hier bleibst in der Villa Olga zwei Tage. Dann entscheiden wir, wie es weitergeht in Richtung Sizilien. In Kalabrien kennst dich gut aus, wann war deine erste Tour hier an der Ostküste, denke so um 1976? Stimmt, da warst noch zu zweit unterwegs. Mein Gott, war die schön. Nur hier in der Basilicata ist es ein wenig weicher als weiter unten Im Südosten. Mach deine Pausen, nirgends einkehren, Suza macht dir ein Fresspaket und tanken oben dann bei der IP, die haben keine Kameras.
Im Ort haben wir alles, sagen wir mal, fast alles, unter Kontrolle.
Zwei Tage später hatte es im Steigflug über dem Golf von Neapel einen Business Jet zerrissen. Das Leben war kurz und gnädig, oder doch nicht.
Wenger wusste um die Passagiere. Ihm perlte Schweiß zwischen den Schulterblättern runter. Kannte die Piloten, mein Gott, was für eine Gemeinheit.
Sprengsatz im Gebäck auf Höhe X eingestellt und aus.
Das Haus, der große Garten, die angeschlossenen Ländereien hinunter zum Meer, traumhaft schön, unwirklich und doch fühlte er sich weggesperrt.
Er wanderte herum, ziellos und kam nicht zur Ruhe.
Matera, auf diese Bergstadt freute er sich und für Olga gab es frische Schnittblumen.
Starrte aufs Meer hinaus, heute ein trüber Tag mit viel Nebel und tiefen Wolken und Nieselregen, der einem durch das Hemd bis in die Leisten ging.
Er machte sich mit dem Punto vertraut, Sitzeinstellung, Spiegel usw. Roberto riet ihm mindestens Super 98 zu nehmen, dann ging er am besten.
Hab ihn dir vollgetankt, Mineralwasser ist drinnen, Dauerbrot und ein Liter Eni Syn und für dich einen milden Grappa. Die Autopapiere und der Vertrag,

dieser gilt für ganz Italien, explizit angeführt auch Sizilien. In einer Mappe unter dem Beifahrersitz.
Stell dein Gewand zusammen, hier ein nicht ganz neuer Koffer, Regenschirm. Vergiss die Bergschuhe nicht.
Wenger zahlte, gab ein dickes Trinkgeld und bekam dafür einen warmen Blick.
Ich komm nicht zur Ruh, wo soll ich hingehen, wo bleiben, für was und wen?
Viele Fragen, keine Antworten, auch gut.
Doch nach Devon oder Lakonia sich im Winter droben im Waldviertel vergraben.
Ob's Geld reicht, musste einfach.
In allem Durchschnitt, daher universell einsetzbar, keine Strafen, es gab ihn einfach nicht, nicht mehr.
Aufs Frühstück hatte er vergessen, jetzt so um zwei herum gab es ein robustes Essen mit einer groben Gemüsesuppe, Spagetti in Fleischsoße mild und als Nachspeise einen glasierten Zitronenkuchen. Dazu reichte man Zitronensaft mit einem Schuss Amaretto und einem süffigen, kalten Weißwein.
Danach ging es ihm gut. Er legte sich auf die Bank an der offenen Feuerstelle im Wohnzimmer und schlief weg. In den Ohren das leichte Flackern und Brennen des Holzes. So um vier in der Früh wachte er auf, Giovanni saß gegenüber, schlürfte einen ersten Cappuccino, reichte Wenger einen rüber mit einem Glas Wasser.
Hör mal zu, es war eine Beech 125 800 EX, Malta Registrierung, österreichische Piloten. So eine Sauerei, wegen dieser zwei Nullen an Bord. Anders ging es nicht, musste sein, die Crew wusste für wen sie da arbeiten.
Durchführung, unser Mann aus East Anglia, der Herr Professor. Nicht Milford Haven sondern von diesem Militärflugplatz östlich von Cambridge.

Heißt auch so ähnlich, ich bringe diese englischen Namen oft durcheinander. Maiden Hall? Weiß es nicht mehr.
Vorbei das Ganze, vorerst, der Schoner liegt nun auf Reede vor Gaeta und niemand geht ab.
Giovanni verschwand im Halbdunkel, es war klamm und kühl. Nach einem kurzen Bad und frischem Gebäck mit Honig und einem Kräutertee sowie eine warme Umarmung von Suza fuhr er los.
Er schläft, ist total fertig, sagte sie ihm beim Abschied. Hier deine Papiere, lies sie dir gut durch. Zusatzversicherung und sogar eine echte GKK-Karte aus Österreich für dich dabei. Bargeld, zwei Kreditkarten und eine Tankkarte für Notfälle. Weg war sie.
Tau lief vom Wagen, alles kalt, einfach grauslich.
Der Tag wurde frisch, schön windig. Je weiter er in die Hügellandschaft und ins Zwischengebirge fuhr, desto besser ging es ihm. Am Scheitelpunkt eines Passes parkte er und ging eine Runde im Halbkreis herum, kaum Verkehr um diese Zeit und ein Kräuterduft in der Luft, etwas vermischt mit einem Holzfeuerrauch. Seine Augen brannten leicht.
Nach Oppido an einer verlassenen Tankstelle, wo vieles demontiert, machte er eine späte Frühstückspause und trank bittersüßen, schwarzen Kaffee mit Mürbteig-kuchen, dreieckig. Der kam aus runden angebrannten Eisenpfannen mit Holzstiel. Er trank viel von dem weichen Wasser und diese Föhren waren voll auf Wachstum und das Harz verströmte Gesundheit mit Zuversicht.
Die Wolken spielten hasch mich, Liebling.
Der Wagen lief leise und machte keinen Krach, niemand beachtete ihn, ein Reisender, der die Landschaft genoss.

Ein Stück dahinter, ein glucksender Bach mit Kiesel auf Grund und kleinen, herumfliegenden, flachen Fischen. Er drückte seine Füße hinein, bis es wehtat und der linke Fuß so schlank wurde wie der rechte.
Rundherum Bäume, Gesträuch und dichtes hellgrünes Gras mit vielen blauen Blumen dazwischen. Kleine, hellgraue Vögel rupften an gelben Blüten herum, umtanzten sie. Die Zapfen entweder dunkelbraun und offen bis frisch hellgrün leuchtend. Total eiskalt, etwas fettig. Er blieb solange mit dem Rücken an einem Baumstamm stehen, bis er sein Herz nicht mehr pumpen und nur die Geräusche seiner Umgebung hörte.
Die Tankstelle gestorben, jedoch peinlich zusammengeräumt. Keine anderen Fahrer hielten an, alles zog vorbei. Er ließ den Wagen einige Minuten mit offenen Türen, damit etwas vom Neuwagenduft raus und die Natur reinkam. Keine Pirelli-Reifen als Erstausstattung sondern Michelin waren drauf.
Die Plastik Zierfelgen waren gar nicht mal so grauslich anzuschauen. Am Heck das Fiat Logo und der Schriftzug Punto, daneben ein Punkt, sonst nix.
Die Zeit, diese Bilder aus der Vergangenheit, er musste weiter und nicht hier rumhängen wie in Xyroprigado und warten, auf was denn.
Das Sechsgang Getriebe kurz zu schalten und die Bremsen sehr griffig.
Olga, wie sie aussehen würde nach knapp sechs Jahren?

MATERA EIN ZWISCHENSPIEL

Wer liebt, vergisst nicht.
Panagiotis ist der Körnerzähler, da ist unendlich viel Zeit für die Ewigkeit. Ihr werdet was wir sind, ohne Bitterkeit, das kommt und ist so. Was man liebt, wird einem genommen. Was Mann liebt, betrügt er.
Ich schreibe mir meine Seele leer, der Regenbogen küsst mich, dich.
Die Schöne am Strand fährt ein vierrädiges Ungetüm, legt sich am südwestlichen Ende schräg in den Ufersand, ihr langes, hellbraunes Haar wird in der Sonne gebrannt. Seit drei Jahren so allein, jung wie traurig schön. Schwimmt eine eckige Runde, liegt eine knappe Stunde. Weg ist sie, viel zu schnell.
Aus, seh sie nicht mehr, diese Maus.
Schrecklich tief, was ich da so niederschreibe, bei Musik auf 88 FM.
Der Einsame spricht mit vielen, fühlt, sieht mehr.
Die Zweisamen?
Doch da, der Sohn vom Wirten am Strand von Bozas, ein dümmlicher Smartphone Depp, überheblich dazu, fern vom Arbeiten und Verstehen.
Doris und Hans, Renate, Ted und Joan, Agnes und Willi - was die tun und wo?
Die Abendsonne küsst mich und wer dich?
Die Nacht bis sechs Uhr früh ist kurz.
Zwei Alte sitzen da, hurra! Sie wagen's noch.
Das blonde Kind hüpft den heißen Sandstrand entlang, vier Jahre alt, schnell und grazil wie ein Vogel in der

Luft. Der Vater, unbeholfen hinterher, da ist nicht mehr.
Die Welt wird rasend schneller, tiefer. Wir merken es nimmermehr. Wir Menschen reden, reden und reden.
Zuhören ist angesagt und weghören, arbeiten, umsetzen, nicht verschieben.
Ach, was fällt, das lasse liegen.
Die Dummen schnattern, die Stillen verstehen. Lass sie reden, selber gehen, ist besser so.
Brumm, brumm, brumm - wir fahren im Kreis herum.
Der Angebende sind da viele, Verstehende, ach so wenige.
Zitronen, das göttliche Geschenk, schnell hinunter nach Sorrent.
Die Schöne ist weg, die Gaffer kommen nicht vom Fleck.
Das Leben ist kurz, die Leiden lang. Dann bist du verdammt.
Der junge Welpe sitzt und fährt im Helm, der Motorradfahrer ohne. So ein dummer Schelm.
Gestern brünett bis blond, heute Salzwasser, schwarz getont.
Jetzt geht sie von dannen, die Blicke wie gefangen.
Die kuschelig Schöne vom Strand geht heute mit der Tasche in der Hand.
Links rechts, links rechts, hinter dem Hauptmann stinkt's recht.
Es regnet, es regnet, es regnet seinen Lauf und wenn's genug geregnet hat, hört's auch wieder auf.
Die Liebe verloren, das Leben mitgenommen, die Zukunft zerronnen.
Mit Glück bist du zu mir gekommen.
Mit Ausdauer habe ich dich gewonnen.
Du, oft alleine, die Kinder geschützt, geliebt, erzogen.
Als viele gegangen, bist zu geblieben.

Hast mich gerettet.
Danach musstest gehen in andere Welten.
Wuschelkopf, du gehst mir sowas von ab, gerade jetzt bei Panagiotis und Sirius, wo das Käutzchen die Nacht beklagt. Dein Sessel leer wird nimmer mehr.
Die Lust noch vergessen, die Einsamkeit hat sich hineingefressen.
Elia-Bozas-Plitra-Karavostasi-Prorarajo und vieles rund herum, Sotirian in Gefira. Die Taigetos-Schlucht mit den hohen Höhlen und den zwei verliebten Falken.
Der Wind schäumt das Meer nun Stunden, die Sterne verschwunden.
Die Vergänglichkeit eines Fußabdruckes am Meeresstrand zeigt den Sinn des Lebens auf.
Wo gehst du hin?
Wo kommst du her?
Ich weiß es nicht.
Heute bin ich da und morgen dort, vergessen sofort.
Ich bin bei dir und du nicht hier.
Allein und doch zu zweit.

ENI RACING SUPER UND DER EINSCHLAFENDE

Langsam neigte sich der junge Mann auf die linke Seite, mühsam hielt er die Augen offen, die dann verdreht ins Weiße gingen. Die Zuckerwasser-Wachmacherdose aus Fuschl in den Händen, samt einem Kringel, von der Industrie gemacht. Unendlich müde richtete er sich wieder auf. Todmüde, musste schrecklich sein.
So ging es hin und her bis er zusammensackte, nichts verschüttet. Sich lange Zeit nicht mehr aufgerichtet.

Sein Rucksack vor ihm am Boden, die Geldtasche daneben und das alles verschlingende Mobiltelefon gleich ebendort. Kling, Klang, Klong, sein linker Arm, geführt von schmalen Händen, suchte den staubigen Betonboden ab bis es griffig auf dem verschmierten Ding da landete.
Mit einem Auge stiert er hin, dreht sich um suchte was an der Glaswand und kippte wieder in den Schlaf, der auch der Tod sein konnte und war.
Wenger zahlte bei einer angenehm aussehenden Frau 47.60 für Racing Super Benzina. Sie lächelte ein wenig und die dunklen Wimpern flatterten.
Obwohl hier drinnen kein Wind, keine Klimaanlage in Betrieb. Er nahm noch eine kleine, dunkle Tafel Giotta Schokolade dazu, hoffend dem Soja Emulgator entgangen zu sein und eine Flasche Wasser non fredda, die sie sie ihm vom Lagerraum brachte.
Nickte kurz, ging hinaus.
Der Schwankende nun weg geschlafen. Lag schräg auf dieser gelben, speckigen Plastikbank. Diese, seine allgegenwärtigen Turnschuhe mit Flecken und abgewetzter Sohle auf der Rückseite. Der ganz Mann gehörte in eine Dusche und danach in ein frisches Bett.
Wenger nahm seine auf dem Boden herumliegenden Sachen und ließ sie in einen noch schmutzigeren Rucksack gleiten samt zehn Euro dazu.
Irgendwie grauste ihm, ging sich weiter weg bei den Luftzapfsäulen Hände und Gesicht ausgiebig waschen, es dauerte, bis das lauwarme Wasser die richtige Temperatur bekam.
Zügig fuhr er weiter, vom Motor hörte er noch weniger nach dem Tanken. Oder war das doch der Treibstoff, eher mehr Einbildung.

Vom Südwesten her steuerte er Matera an, dass ihm am späten Nachmittag wunderlich erschien. Matera, weiß, hell bis dunkel, Brösel, trocken bis muffig feucht. Diese am und in den Fels gebaute Bergstadt hatte sich ihn ausgesucht.
An der Pension Olga fuhr er zuerst langsam vorbei und dann in einer großen Runde außerhalb der Stadtmauer im Osten nochmals bis davor. Gepäck raus, der Wagen wurde „verstaut“. Blumengeschäft erfragt, ein etwas zu großer Strauß, das Ergebnis. Bunt und frisch mit Wasserperlen drauf und nix herum.
Olga verschwand kurz hinter dem Ungetüm, busselte ihn ab, zog in fort. Die Frage-Antwortstunde hinter der Rezeption, ihr Refugium, begann. Listig wie ein Fuchs fratschelte sie ihn aus und er ließ es zu.
Auf dem Tischlein und bald weggegessen, kleine, helle Plätzchen mit Nusssplittern drauf, dazu eine nicht saure Orangemarmelade ohne Schale und Zitronenwasser, mit zerstampften Eis drinnen, einen Zuckerrand am Glas einfach herrlich.
Olga eine Frau mit Auftritt und Erscheinung, erfolgreich und traurig zugleich.
Gleich hinter dem Fenster ein trockener, weißer Fels ohne Fett drauf. Ihr kleines Büro vollgestopft mit Ordnern, Erinnerungen, einem Luftbildfoto von 1945, aufgenommen von einem US-Flugzeug, darunter eine Aufnahme aus 1926. Die Rahmen in silberweiß.
Die Möbel in einem hellen Braun, angeschliffen der Boden, Holzdielen, was sehr angenehm war. Er mochte diese Fliesenplatten gar nicht, kalt wie in einer Gruft.
Dein Zimmer war im vierten Stock, man sah ganz Italien vor und unter einem.
Er bekam noch einen zarten Kuss und wurde mit, raus du Schuft, entlassen.

Sein Gepäck im Zimmer oben, da war er sehr froh darüber. Ordnete einiges aus zum Waschen und Bügeln, morgen brauchte es Einkäufe, Wasser und Socken.
Des Nachts vieles an- und ausgeleuchtet. Die Fenster funkelten matt bis blitzend im Widerschein der Lichtlampen, verkleidet In Laternenbehältern.
Die Stadt fühlte sich weitläufig an und war es auch. Weiß und ab und zu ein blasses Blau waren die dominierenden Farben. Ein leichter Wind wuselte durch Straßen, schmale Steige, nicht unsympathisch, lautlos erfrischend.
Er verlief sich wie seit früherer Zeit, suchend „seine“ Taverna, bis er die Rechnung einem dünnen Mann zeigte, der in einem Türrahmen stand und rauchte. Der las bedächtig und langsam wie ein Finanzprüfer. Eine Gasse zu früh, nochmal zurück und die nächste links entlang. Wenger bedankte sich, ein helles Gesicht mit dunkelblauen Augen taxierte ihn ein wenig mit einem kurzen Nicken.
Später erinnerte er sich, dass dieser Mann zu gut für einen, der in der Türe stand und rauchte, angezogen war.
Der Holzrahmen nun etwas mehr eingedunkelt, keine Fingerabdrücke auf den Türscheiben, er duckte sich lautlos hinein. Das Empfangstischlein mit flackernder Kerze empfing ihn. Sonst Stille, das Ticken einer Uhr, die er nicht sehen konnte, rundete die gute Stimmung ab.
Wenger blieb stehen und verharrte, ein Rascheln, rechts hinten vor dem Kücheneingang wurde eine Schiebeklapptüre langsam geschoben.
Sie sind früh dran, kam es ihm nicht unfreundlich, aber bestimmt entgegen, mit einer eleganten Handbewegung - wo es Ihnen gefällt.

Zur Stimme, ein weiterer dürrer Mann, um die sechzig herum, weißes Hemd, dunkle Hose, schmale Hände. Volles, weißes Haar, etwas wellig und penibel zurückgekämmt, markante Augenbrauen und eine Nase wie ein Kleiderhaken.
Wenger dankte und nahm einen Platz mit dem Rücken zur Außenwand, wo er das Lokal, Eingang und Küche übersehen konnte. Er setzte sich und wurde müde, ohne Bestellung kam Wasser in einem Krug, dazu ein dunkel funkelnder Rotwein in einem Kristallglas mit dem Hinweis, Essen können Sie bestellen, die Küche öffnet in einer halben Stunde.
Man sah sich in die Augen, kein Wiedererkennen.
War es doch woanders gewesen, nein, genau hier und da.
Er lehnte sich zurück, schenkte sie das Wasserglas bis zur Hälfte voll. Die rechte Hand zitterte ein wenig dabei. Da er selber des Italienischen nur sehr mäßig mächtig, ließ er sich das Tagesangebot erläutern und bestellte gebundene Gemüsesuppe, dann Karnickel mit grünen Bohnen und für dazwischen, ein Stück eines angebratenen Käses im Kräutermantel.
Hier war Stille nichts als Stille, das Gefühl gut, wie nicht allein.
Best early evening since long time - fiel ihm ein.
Leise Hintergrundmusik begann. Grande Italiano aus sehr früheren Zeiten, angenehm entspannend, Alice sang zart bis wuchtig und andere Ausnahmekönner.
Dieser Mann begann mit viel Grazie Kerzen im Raum anzuzünden und ruckte dort, zog da einiges zurecht.
Ein schwaches Licht begann zu glimmen, noch schöner als bei einer gekonnten Inszenierung, nur was kam dann.
Der Wein weich und ohne jedes brennende, erdige Gefühl nach dem Schlucken.

Er orderte einen trockenen Weißwein auf Empfehlung des Maitre oder sollte er in Don nennen?
Sein Blau in den Augen hatte was gletscherhaftes, ewiges und doch sanftes.
Ein stiller Mensch oder konzentriert?
Irgendwie unheimlich, wenn nun keine anderen Gäste kommen, was bei ihm ja keine Seltenheit war über all die Jahre und das in vielen Ländern.
Wie der Regen, der ihm bis nach Zypern im Hochsommer nachgereist war. Kein Gewitter, sondern sanfter, langer, seufzender Regen auf ein ausgetrocknetes, rauchendes Land, wo zu viel Wasser durch die Duschen und Toiletten rauschte und zu Schwarzwasser wurde.
Weißgelbes Brot mit einer knackigen, beigen Kruste wurde serviert, dazu ein Nichts von der Küche auf einem großen, weiten Teller.
Schmeckte erfrischend, ein wenig nach Zitrone und Speck zu gleich. Auf einem weichen Stück Brot, dem man die Rinde weggenommen hatte, der Käse nun als Vorspeise, wie von ihm gewünscht, herrlich, leicht fettig, baute ihn auf. Zog kaum Fäden, weich im Biss innen. Wie im Paradies, wenn jetzt noch Engel tanzen was dann?
Endlich – eine ältere Dame mit, da war er sich sicher, Gouvernante, schlurfte etwas beschwerlich die Türe herein. Ließ den Blick herumschweifen, fixierte ihn kurz, abgehackt und nahm schräg gegenüber Platz. Wedelte die Begleitung etwas auf die Seite, welche eine große Handtasche trug. Beide in Schwarz mit Grandezza gekleidet, einige Leuchtpfade eingestickt, erinnerte ihn an Spanien, an einen gewissen Abend unterhalb von Salamanca in einem wundersamen Bauernhof, geleitet von einer mächtigen, einsamen Frau.

Die alte Dame orderte schnell und bestimmt, ließ ab und zu einen Blick auf ihre Begleitung werfen, die zu dem Gesagten nickte.
Das Ganze hier erinnerte ihn an ein Gespräch im Labor der Firma Savon de Marseille, wo der Verkaufsleiter für Nordafrika zu ihm sagte:
„Mon cher Alois, wir beide sind Sklaven und wissen es nicht“, daher funktioniert die Wirtschaft, noch.
Il conto, per favore.
Diese anständig, moderat und er ging mit einem Danke die Nacht hinaus. Ein sanfter Wind presste ihn die Stufen die Altstadt hinauf, jetzt mehr Menschen unterwegs, kaum wer redete und er auch nicht.
Gott schützt die Liebenden, schrieb Mario Simmel und das war nun lange her.
Ob es noch galt?
An der südwestlichen Ecke eines weitläufigen Platzes war eine halboffene Bar, er stellte sich an die Holzvertäfelung, zog eine Tageszeitung an sich und bestellte einen weichen Grappa mit Wasser, dazu einen frischen Käse mit Walnüssen und eine Portion dunkle Marmelade. Serviert von einem Glatzkopf mit einem süffisanten Lächeln im Gesicht, jedoch nicht überrascht.
Zwei junge Damen kamen dazu, unterhielten sich leise und lachend, bestellten Rotwein, dazu dunkle, kleine Oliven.
Wenger legte die Zeitung zur Seite, mein Gott, war er glücklich.
Keine Schatten, keine Ratten und Angst, was ist das?

Printed in Poland
by Amazon Fulfillment
Poland Sp. z o.o., Wrocław

74059621R00107